세상으로 열린
두 개의 창窓

세상으로 열린 두 개의 창窓

역설과 정설로 만나는 사람 사는 이야기

전용수 全鎔秀 지음

기파랑

|| || 차 례 ||

우화寓話는 사람처럼 인격화한 동식물이나 사물을 빗대 풍자나 교훈을 주는 이야기다. 물론 리얼 스토리가 아니다. 여우가 못 먹는 스프로 황새를 골려주고, 거북이가 토끼를 등에 태워 용왕을 만나도 시시콜콜 과학을 들먹이는 이는 없다. 워낙 초超 과학적이라 그냥 이야기에 빠지고 교훈에 머리를 끄덕일 따름이다.

그런데 너무 그럴싸해서 진짜 소동을 벌인 일이 있다. 솔개 이야기다. 분명 경영 우화라고 했는데, 여러 사람들이 실재하는 이야기로 착각하여 설교나 경영 강좌 시간에 퍼 나르는 바람에 조류학자들까지 나서서 부산을 떨었다.

산촌 들 마당에서 놓아 키우는 병아리나 낚아채는 재주가 고작인 솔개의 수명은 최장 24~25년 정도라 한다. 그나마 쥐잡기 운동 때 떼죽음을 당했다. 쥐를 주식으로 하는 식성 탓에 쥐약에 2차 중독되어 멸종 위기종이 된 것이다. 옛날을 호랑이 담배 피우던 때라 하고,

||||

토끼와 거북이는 아직까지 경주를 한다. 사실이 아니라서 우화는 재미있다.

우화 속의 솔개는 사십이 가까웠다. 부리가 길고 낡아 가슴을 찌를 지경이 되고, 발톱은 문드러져 제 구실을 못한다. 드디어 재생을 기약하고 약 반년 깊은 산속에서 칩거를 한다. 먼저 부리를 바위에 부딪쳐 깨트린다. 새 부리가 나온다.

다음엔 누더기 같은 털과 무딘 발톱을 뽑는다. 털갈이를 하고 부리와 발톱으로 무장한 신생 솔개는 30년을 더 산다. 그래서 수명은 70년이 된다.

"기업을 포함한 조직의 평균 수명은 고작 20~30년에 불과하지만, 솔개의 결단을 배우면 재생 가능하다. 경영 혁신과 리엔지니어링이 답이다. 자, 다시 태어날 준비를 하자."

얼마나 감동적인가? 하지만 솔개의 수명이나 재탄생은 허구虛構다.

그리고 혁신을 시도한 조직의 성공 확률도 반반이라 리엔지니어링이란 새 옷이 꼭 맞는 지도 미지수다. 기업의 역사는 도전 과정이요, 도태되지 않기 위한 하나의 몸부림일 뿐이다.

그러나 우화라고 하면 얼마든지 가능한 이야기가 된다. 영욕과 부침을 거치지만 수백 년을 건사하는 기업도 있고, 나라도 있으니까 말이다. 20년 전의 연구지만 콜린스와 포라스가 『성공하는 기업의 8가지 습관』에서 조사한 비전 기업의 평균 설립 연도는 1897년이다. 100년을 훨씬 넘긴 나인데도 건재하다.

그러면 인간세계는 어떤가? 인간 누구나 태어나서 죽는다. 한 번뿐인 생명이지만 두 번, 세 번 태어나는 사람이 있다. 거듭나기 때문이다. 강상중姜尙中은 『살아야 하는 이유』(사계절, 2012)에서 묻는다.

"보이지 않는 것을 보고 인류의 미래와 세계의 행방을 조망한 100년 전 인물들의 정열은 어디서 나왔을까?"

||||

그는 윌리엄 제임스가 말한 '거듭나기Twice Born'에 주목한다.

"건전한 마음으로 보통의 인생을 사는 사람이 있는가 하면, 죽음의 문턱에서 홀연히 맑은 영혼으로 거듭나 두 번째의 삶을 사는 사람도 있다."

현재의 인생에 강한 회의를 느끼고 탄생의 이유와 존재의 의미를 찾는데 주력한다. 현생現生은 중요하지 않고 삶 너머의 이상 세계에 시선이 멈춰있다. 한편 건전한 마음으로 사는 사람은 현생이 즐겁고, 삶의 보람으로 충만하다고 믿는다. 열심히 돈을 벌고 사랑을 찾으며, 가족과의 오순도순을 꿈꾼다. 사회적 자아를 위해 출세에 전념하고, 자신만의 지평과 공간 확보를 위해 질주한다.

그러다 어떤 계기로 생사의 갈림길에 서고 마음의 병을 앓게 된다. 다행히 그 긴 터널을 벗어나면서 새로운 가치와 다른 인생에 눈을 뜬다. 영혼이 맑아지기 때문이다. 강상중이 인용한 100년 전의 인물이 그러하다.

제임스는 거의 광기에 이은 중증重症 신경병을 앓았고, 막스 베버(Max Weber, 1864년 ~ 1920년) 역시 4년여 우울증을 극복하고 난 뒤『프로테스탄티즘의 윤리와 자본주의 정신』을 썼다. 프랭클(Victor E. Frankl, 1905년~1997년)은 나치 치하 죽음의 수용소 네 곳을 거쳐 홀로코스트에서 살아남는다. 당시의 체험을 근거로 인간이 지닌 의미 추구의 의지를 조명한 로고테라피Logotherapy를 완성한다.

아무리 비극적인 상황에 놓이더라도 인간에게는 최선을 추구하려는 놀라운 잠재력이 있음을 발견한 것이다. 록펠러(John Davison Rockefeller, 1839년~1937년) 이야기도 잘 알려져 있다. 53세에 세계 최대 갑부가 된 그가 55세 때 불치의 병으로 1년 시한부 선고를 받는다. 휠체어를 타고 복도를 지나다가 병원 로비에서 입원비 문제로 다투는 소리를 듣게 된다. 사람을 시켜 병원비를 대납한다. 그러고서 은

밀히 도운 소녀가 건강을 되찾는 모습을 몰래 지켜보며 진짜 행복감과 희열을 얻는다.

신기하게 그도 병이 낫고, 98세까지 선행善行에 일생을 바친다. 악惡의 화신化身이란 오명汚名을 쓰고 침상 곁에 권총을 두고 잘 만큼 생명의 위협을 받던 그가, 록펠러 재단을 통하여 사후死後에 더 빛나는 일을 하고 있다. 밝은 영혼으로 거듭났기 때문이다.

그래서 이 책에서는 두 가지의 창窓으로 열린 세상을 본다. 하나는 누구나 보는 정설定說의 창이다. 다른 하나는 고뇌 끝에 열리는 마음의 눈으로 보는 역설逆說의 창이다.

제1부는 건전한 마음으로 보통사람이 살아가는 '육안肉眼으로 보는 세상' 이야기다. 꿈을 가진 사람이 갖는 무한 긍정으로 솔개의 재생再生을 그린다. 무지개를 보면 날개를 달고 싶다. 예쁜 꽃의 자태에는 반하고 향기에는 취한다. 눈에 보이는 대로 느끼고 생각하기 때문이다.

부족한 만큼 갖고 싶은 게 많다. 높이 오르고 싶고 부귀영화도 눈에 선하다. 동기가 분명하기에 미로迷路에서 길을 잃어도 오뚝이처럼 칠전팔기七顚八起하며 일어설 수 있다.

제2부는 병든 영혼이 거듭나기를 통해 열린 역설의 창으로 보는 세상 사는 이야기다. 모든 걸 내려놓는 막다른 골목이나 임종臨終에 이르러서야, 수의壽衣에는 주머니가 없다는 사실에 놀란다. 욕심에 가려 보이지 않던 것이 보이기 시작한다.

무지개는 한갓 물안개의 조화다. 장미에는 가시 말고 진드기도 무당벌레도 많다. 오감五感이 스쳐 지난 다른 세상이 있음을 보게 되는 것이다. '그래도 복 받은 사람'이라 감동하는 이의 눈은 역설 속, 스몰 빅을 보고 숨겨진 위대한 힘도 찾아낸다.

배우지 않고 배우는 것이 깨침이다. 마치 시한부 인생의 록펠러가 병원 로비에서 누구나 다 알고 있는 "주는 사람이 받는 사람보다 더 행복하다"는 한 마디에 큰 깨달음을 얻었다고 고백한 것처럼 말이다.

역설의 끝자락에서 중용中庸이란 길이 눈에 들어온다. 어떻게 그 문을 두드리고 들어설지는 자신의 몫이다. 병든 영혼은 사경死境을 헤매면서, 어느 순간 문득 적막을 헤치고 나온 한 줄기 빛寂光을 본다. 사물은 그대로인데 달리 보이는 것이다.

아직은 차라투스트라의 입을 빌리지는 못했지만, 모순을 수용하고 갈등도 순순히 받아들이겠다는 의지를 굳히면 차분해진다. 허탈하지만 일상은 역시 바른 삶과 건강한 생활을 지향하는 정설에 있다. 제3부의 이야기다.

일생은 오늘이 모인 하루의 궤적이다. 하루를 어떻게 살지 따뜻한 말 한 마디와 말하는 습관, 그리고 나를 비추는 거울 보는 법에서 그 답을 찾는다. 나중에는 마음 가는대로 살 수 있을지 스스로 물어도 여운은 남는다. 빈칸을 채우고 여백을 매울 사람은 그 자신이기 때문이다.

　이 글을 쓰는 이유가 있다. 진화를 기다리는 후배들을 위해 지혜의 창고를 개방한다는 매우 순진한 생각 탓이다. 가치 있고 고결한 길을 알려줄 것 같은 막연한 기대가, 봄날의 아지랑이처럼 눈앞을 가렸다. 하지만 금세 죽비竹篦가 내리친다.

　"나이 들었다고 해서 현명해지는 것은 아니다. 조심성이 많아질 뿐이다"라고 한 헤밍웨이(Ernest Hemingway, 1899년~1961년)의 말이 떠올랐기 때문이다. 그러나 나이 탓하고 있을 만년 청년들이 혹 참고삼아 들추어보다가, 어쭙잖은 내 말 한 마디로 세상을 달리 볼 수도 있지 않을까? '상상은 자유'라기에 겨우 힘을 낸다.

　끝으로 힘겨워 할 때마다 어깨를 빌려주고 힘이 되어 주는 평생지기 임백 선생, 그리고 이 글에 빛을 주신 기파랑 안병훈 대표님과 조양욱 주간께 감사드린다.

제1부

건전한 마음으로 사는
보통 인생의 창

· · · · · ·

습관은 상황별 행동이고,

행동을 이끄는 사고의 틀 또는 고정관념은 '자기 최면'이다.

나이 들어서는 아무리 바꾸려고 몸부림쳐도 어렵다.

그래서 소싯적에 바로잡고자 새록새록 눈에 잡히는 게 있다.

'사랑이란 이름이 붙은 매'다.

||||| 제1부 ||

건전한 마음으로 사는 보통 인생의 창

제1부는 혼돈된 가치가 난무하는 위험천만한 세상에 방책 없이 노출되어 있는 '무서운 아이들'을 주목한다. 보통 사람들은 온건한 상식을 믿고 건강한 양심대로 사는 사람들이다. 소외된 아이들은 당연히 그들의 관심사다. 왜 이들이 무서운 아이가 되었을까?

실체와 현상은 있는데 저항하는 아이들의 눈에는 시대적인 고민이 보이지 않는다. 혹 철학적인 병이나 개념 오류 때문은 아닌지 의심을 해본다. 부귀영화富貴榮華의 주인공들은 추한 모습으로 대代를 이어가고, 권력을 쥔 사람들은 증오의 대상이 되고 있다. 그런데도 정치는 지리멸렬支離滅裂, 혼란만 가중시키고 있다.

분명 모순이다. 어린 눈에 보이는 대로라면 어쩔 수 없이 갈등하게 된다. 급기야 대중 속의 고독으로 신음하며 "나는 왜 이렇게 태어났을까?" 자신의 정체성을 두고 회색灰色지대에 선다. 이들이 미로를 헤맬 때 무슨 로직으로 이끌어야 설득력을 지닐까? 제1부의 문제 의식이다.

해체 위기에 놓인 가족일수록 더욱 정교하고 정성들인 가정교육이 필요하다. 그런데 정작 배움이 절실할수록 배움을 거부한다. 그래서 "같이 가자"는 의미로 모두 10개의 소제목을 달았다. 각기 독립될 수 있는 주제지만 하나의 이야기로 이을 수 있다.

몸소 본보기가 되고자 긴장하면서도 늘 민망해서 싱거운 미소 밖에 지을 수 없는 부모의 얼굴을 떠올리며, 그들의 소망으로 말한다. 정설은 많이 들어왔고 그래서 잘 아는 이야기다. 하지만 곱씹으면 다른 의미가 나올지 조심해서 다가선다. '무섭게 변한 우리 아이들'의 오늘을 본다. 무엇이 그리고 왜 이들을 이렇게 만들었을까? 지금의 그들은 시대적인 병에 감염된 어린 시절, 가정교육의 현재 모습일 뿐이다. 결국은 '세 살 버릇'이 평생을 좌우한다.

습관은 상황별 행동이고, 행동을 이끄는 사고의 틀 또는 고정 관념은 '자기 최면'이다. 나이 들어서는 아무리 바꾸려고 몸부림쳐도 어렵다. 그래서 소싯적에 바로잡고자 새록새록 눈에 잡히는 게 있다. '사랑이란 이름이 붙은 매'다.

하지만 가정이 바로 서 있어야 가능한 일이라 '가정의 리더십과 오너십'을 거론하게 된다. 가정을 포함한 모든 인간관계의 기본은 결국 상대의 입장에서 생각하는 역지사지易地思之에 있다. 잘 알아도 실행이 어려운 난제다. 그래서 "역지사지를 어떻게 가르칠까?"를 골똘히 생각하게 된다.

다음은 살아갈 방향을 정하는 일이다. 나침반을 볼 줄도 모르는데 가로등마저 희미한 오거리에 선다. 아이는 아이대로 괴롭고, 어른은 어른대로 힘들다. 어디로 갈까, 대학에 들어가서도 고민하는 아이한 테 "지름길은 없지만 바로 사는 길은 있다"고 말한다.

그러나 말이 통하려면 신뢰를 쌓는 공을 들이는 일이 먼저다. 그러 고서 '나의 길 찾기, 꿈으로 피우는 비전'으로 논의를 옮기면, 삶의 길 을 찾는 로드맵은 퍽 선명해진다. 한 사람의 생애를 압축한 생애도生 涯圖의 핵심은 '멋과 안목'이다.

하지만 모든 교육의 한계는 수명이 있고, 그나마 매우 짧다는 점 이다. 본인의 대오각성大悟覺醒이 있어도 꾸준히 노력해서 자신의 것으 로 만들어야 한다. 체화體化하고 숙성하는 과정이 없으면 공든 탑도 무너지게 되어있다.

'배우지 않고 배우는' 생활 속에, 그리고 일과日課 중에 녹아 있어야 비로소 자기 것이 된다. 출발은 자식을 가르치기 위해 배운다는 것 이, 종내는 자신이 깨닫고 배운다. 교단에 오래 서 본 경험에 비추어 사람들이 늘 하는 가르치다, 배운다는 말뜻을 안다.

그러나 세상은 정설만으로는 절벽을 만난다. 현실은 역설과 모순 의 천지다. 세상은 왜 이렇게 엉터리인가? 역설을 쫓아간다. 제2부 의 이야기다.

1. 무서운 아이들

이 나라 젊은이들의 행태가 심상찮다. 무심코 올린 인터넷 사진 한 장의 주인공을 수 만 명이 가입한 안티 카페가 집중 공격한 일그러진 얼짱 사건, 왕따 동영상을 본 뜬 모방 범죄, 점점 어려지고 흉포화하여 차마 입에 올리기도 아연한 사건 연속의 주인공이 하필이면 이 나라의 청소년이다.

그동안 어떻게 키워온 자식들인가? 배곯던 시절의 아픔을 대물림하지 않으려고, 가슴 졸이며 가진 것 모두 퍼다 부었던 그들 아닌가? 불황에 놀라고 명퇴 소식에 혼쭐이 나 눈을 떠보니 다 큰 놈들은 정말 들개가 되어 있고, 자라는 아이들은 왕자병과 공주병에 걸려 어미와 아비를 몸종처럼 생각하고 있단다. 늦재주가 터진 부모들의 탄식이 크고 깊다.

그러나 우리 사회는 파멸에 이를 것 같은 큰 위기가 있을 때마다 반성과 자정自淨 운동이 일고, 무서운 회복력이 힘이 되었다. 이를 예증하는 역사적인 흔적들이 많다. 기원전 8세기 말, 헤시오도스Hesiod가 쓴 『일과 나날들Works and Days』이나, 종이의 기원이 된 이집트의 파피루스Papyrus에도 같은 기록이 나온다. 어느 세기 없이 말세 아니었던 적이 없다. 그래서 인간의 미스터리에는 크게 세 가지가 있다고 한다.

"요새 아이들 다 틀렸다, 말세가 왔다, 메시아가 강림한다."

형상이나 색깔이 다를 뿐 고민의 내용은 비슷하고, 그러한 아픔과 경고음이 있었기에 곡절은 많아도 지금까지는 순항중이다.

미래학자들의 진단에 따르면 대★ 변혁기의 주기는 5세기, 1세기 100년, 50여 년, 짧게는 10년 간격이라고 한다. 마침 우리가 지나고 있는 금세기는 여러 가지 변혁의 주기가 중첩되었고, 약 200년간의 산업사회가 끝나면서 지식사회로 진입하는 과도기라 거함巨艦의 침몰처럼 충격적인 변화는 당연하다.

시대마다 신세대는 고유의 특성을 지닌다. 어디로 튈지 몰라 럭비공이라던 X 세대도 정치권을 주름잡던 486처럼 시들해진다. 베이비붐 세대의 자식들인 에코 세대, Y 세대 또는 모바일 세대가 뒤를 이어 못된 송아지 엉덩이 뿔 난 것처럼 날뛰지만, 고삐를 채워주고 사람 도리를 열심히 가르치면 심하게 사춘기 병을 앓는 청소년 마냥 세대 차이에 지나지 않을 것이다.

그러나 오늘날 우리 젊은이들이 안고 있는 시대적인 고민은 만만찮다. 자유, 과잉 정보, 유혹 등 대략 셋인데, 그 첫 번째는 자유다. 왕조나 신, 또는 종교가 배경이 되었던 시절에는 일정한 관습과 의식을 따르면 된다. 우리나라라면 유교적인 전통과 관습이 개인의 행동과 습관에 배어있다.

그런데 왕권이 무너지고 신으로부터 해방되면서 개개인더러 "너 마음대로 하라"고 한다. 자유는 잘 차린 뷔페 식단처럼 중심이 확고하지 않으면 과식하기 십상이다. 스스로 가치를 판단하고 인식해야 하는 까닭에 자의식自意識이 비대해질 수밖에 없다.

내면적으로 망망대해茫茫大海 같은 망상의 바다를 혼자 건너야 한다. 대인 관계에서는 자신을 지키기 위해 주위와 남을 의심부터 하게 된다. 상대의 행동을 예측할 수 없기 때문이다.

또한 자유의 행동 규칙은 경쟁이다. 학교와 직장 선택, 승진, 배우자 선택에 이르기까지 경쟁을 통한다. 그리고 이념적으로 자유는 평등의 반대편에 있다. 자유 속엔 불평등이 있고, 평등의 내면에는 부자유가 있는 것이다. 인간 이상의 하나로 자유를 쟁취했는데, 자유는 고민과 고독, 소외, 의심, 불평등을 낳는다.

사이코패스도 남의 이야기가 아니다. 이처럼 자유는 공짜가 아니다. 얻기 위해 바친 코스트 이상으로 자유를 지켜내기 위해서는 피나는 두 가지 노력이 필요하다.

그 하나는 윤리를 바로 세우는 일이다. 윤리는 개개인의 자율Self Discipline을 사회적으로 객관화 시킨 것이다. 자율은 참을성을 기초로 한다.

첫째, 남에게 해를 끼치지 않고 둘째, 이웃에게 도움이 되는 행동을 할 수 있도록 자신이 정하는 행동규범이기 때문이다. 다른 하나는 결과에 대한 책임이란 울타리를 치는 것이다. 책임은 반응Response 하는 능력Ability을 말한다. 반응 능력을 가진 사람만이 책임을 질 수 있다는 말이다.

이와 같이 자유는 제대로 지키기가 어렵다. 슬슬 자유가 짐이 되고 부담으로 작용한다. 자유로부터의 탈출이 시작된다.

부잣집 귀공자가 맨해튼 번화가에서 꽃을 팔면서도 행복한 모습으로 나타난다. 나치가 부활하며, 종교 국가를 빙자하는 독재 파쇼가 나서고, IS라는 테러 집단은 국가를 사칭하며 빈틈을 노린다. 종교적 르네상스가 어느 시대보다 더 필요하다는 징조 아닌가? 그런데 종교 집단은 시대가 요구하는 엄청난 종교적 수요를 감당할 준비를 하고 있는가?

또한 자율과 도덕, 그리고 사회 윤리에 대한 논의가 시급하다. 자유인 또는 민주시민이 되기 위해서는 참을성(=인내심), 절제, 책임, 스스로 생각하고 해결하는 능력 등 가정교육이 해야 할 부분이 훨씬 더 많아졌다. 사고의 습관화는 소싯적에 만들어지기 때문이다. 그런데 정작 가정은 분열 해체 위기에 놓여 있지 않은가?

두 번째는 다양한 미디어를 통한 과잉 정보 문제다. 인터넷 혁명이 가져온 후유증은 심각하다. 지식이 다양하고 방대하다보니 무엇이 내게 필요한지 알 수가 없다. 누군가 대신 결정해주기를 바란다. 결정 장애가 생긴다.

한정된 시간으로 일관성을 유지하려면, 달콤하거나 구미에 맞는 한쪽에만 매달린다. 확정 편향Confirmation Bias으로 악화된다. 이성적 판단력이 부족한 사춘기의 청소년에게 미치는 영향은 얼마나 클지 무섭고 두렵다.

그리고 필요해서 비싸게 주고 구한 정보라도 방치하면 쓰레기다. 쓰레기 더미는 일할 의욕을 꺾고 옳은 판단과 결정을 방해한다. 먼저 자신만의 원칙에 철저하지 않으면 정보의 공해에 휩쓸리게 된다. 단순화의 원칙과 버리는 노하우, 정보를 읽고 꿰뚫어 보는 통찰력과 정보 해석 능력에 기초한 지식 관리 플랫폼을 구축해두면, 정보의 홍수를 막고 유익한 생산성 도구로 활용할 수가 있다. 정보와 지식의 관리 문제까지 안내하는 교육이 어릴 적부터 필요한 이유다.

세 번째는 유혹의 문제다. 다양하고 교묘해서 생활 속에 파고든 그 유혹이 민주화되고 대중화되었다. 그런데 대응 수단이 별로 없다는 점이 문제다. 흡연, 나쁜 식습관, 과음, 위험한 성 문제 탓에 미국에서만 연간 100만 명 이상 사망한다고 한다. 전체 사망률의 50%에 근접하는 수치다.

여기에 향向정신성 의약품의 남용과 자살까지 끌어들인다면, 개인의 문제를 벗어난 사회적 이슈다. 더욱이 절제가 어려운 것은 유혹으로 이끄는 수단은 더 싸고, 빠르고, 편하게 접근할 수 있게 되었는데, 비만 치료를 위해 위를 잘라버릴 만큼 인간의 절제節制 수준은 별로 믿을 게 못 된다는 사실이다. 뇌 과학이나 심리학의 실험 결과도 대체로 허약한 인간이란 점에 동의하고 있다.

그래서 대니얼 액스트Daniel Akst는 『자기 절제 사회We have met the enemy, Self-Control in age of Excess』에서 말한다. "어른의 도움이 꼭 필요할 때 우리는 적을 만났는데, 알고 보니 그 적은 바로 나더라"는 인용어로 자제력의 한계를 적시하고 있다. 혼자의 힘으로서는 최선의 의도를 지킬 수 없다는 사실을 받아들이지 않을 수 없다. 그래도 기운을 내서 카르

페 디엠Carpe Diem을 외치는 그의 호소는 다섯 가지다.

〔하나, 의지의 근육 만들기다. 의지력은 근육과 유사해서 매일 조금씩 연습하고 노력하면 꼭 필요할 때 보험처럼 요긴하게 쓸 수 있다. 그래도 부족하면 보조 도구를 사용한다. 과속을 피하기 위해 자동 속도 유지 장치를 사용하거나, 가족 얼굴을 떠올리고 창틈에 가족 사진을 걸어둔다. 그리고 술 마실 때는 미리 행동 수칙을 정해두고 수시로 꺼내 본다. 웃음이나 호감도 의지력 향상에 기여하는 것으로 알려져 있다.

둘, 타인을 자신의 영혼을 비쳐보는 거울로 생각한다. 평판은 매우 가치 있는 것으로, 공동체는 존경으로 보상하고 무관심이나 험담으로 벌을 주기 때문이다. 그리고 '자신의 문제를 보는 관점과 생각하는 방식을 바꿀 것을 제안'하는 인지認知 행동 치료도 자기 문제 해결을 도와준다. 인지 행동 치료 분야를 개척한 앨버트Albert Ellis는 "나는 생각을 바꾸고, 감정을 바꾸고, 행동을 바꿈으로써 수줍음을 완전히 극복했다"고 한다.

셋, 환경을 정리하고 활용한다. '깨진 유리창 이론'에서 보듯이 나쁜 행동 뒤에는 해로운 환경이 있다. 좋은 환경을 만들면 나쁜 행동이 줄고, 좋은 행동으로 유도할 수 있다. 먼저 집중력을 해치는 물건을 치우고 유해 환경에서 벗어나는 것은, 오디세우스가 자신을 돛대에 묶게 하고 부하들에게 귀마개를 채우는 것과 같다.

그리고 자제력에는 운동이 큰 도움이 된다. 운동은 세로토닌 분비량을 높여 자제력을 키워주고, 좋아진 기분은 다시 세로토닌에 영향을 주어 선순환 한다.

넷, 습관의 힘을 이용한다. 습관은 관성의 힘을 가지고 있다. 바꾸기도 어렵지만 한 번 길들여 놓으면 힘들지 않고 자동으로 행동하게 만든다. 파블로프의 개처럼 "인간의 습관도 마찬가지로 기억이 어떤 장소와 분위기와 연결시킬 때 만들어진다. 소파에 앉아 계속 과자를 먹을 경우, 소파를 보기만 해도 절로 과자에 손이 가는 것" 역시 무서운 습관의 힘이다.

좋은 습관은 소중하게 다듬고, 나쁜 습관은 고칠 생각보다 나타나지 않도록 관리하는 것이 현명하다. 습관은 최소한 백날을 견디고 1만 시간, 근 10년을 갈고 닦아야 제대로 익혀지기 때문이다. 그래서 세 살 버릇을 거듭 말하는 이유다.

다섯, 미래를 내다보는 비전의 힘이 크다는 점이다. 같은 물체라도 가까이 있으면 크게 보이고 멀리 있으면 적게 보인다. 원근법遠近法의 이치다. 같은 이치로 순간적인 편리함이 눈에 쉽게 들어온다. 보통 사람들을 유혹하는 사이렌의 노래 소리와 같다.

그러나 꿈과 희망을 가지고 구체적으로 새겨 염력으로 지닌 사람이 있다. 비전을 가진 사람이다. 비전이 이끄는 삶을 사는 사람은 힘들어도 참고 견딘다. 유혹에 강하고 능히 자신의 몫을 해낸다.

벤저민 프랭클린은 13가지 덕목과 규율로 자신을 돛대에 묶듯이 철저히 관리하면서도 전혀 불편함을 느끼지 않았다. 습관의 힘을 알고 있고 있었기 때문이다.]

이와 같이 우리 아이들은 자칫 방종에 빠지기 쉬운 허접한 자유 지천至賤의 세상에 산다. 정보 홍수 탓에 결정 장애에 시달리고, 과잉 유혹을 받으며 어떻게 대응할지도 모르는데 스스로 판단하라고 한다. 무서운 아이들 이야기는 방종을 자유로 알로 헛디딘 바로 내 자식과 우리 젊은이들의 문제다.

역경은 도리어 동기가 되고 기회가 됨을 알게 되면, 당장의 모순을 해결한다면서 총을 들고 나서는 얼간이들을 막을 수 있을 것이다. 물론 아버지의 과오를 범하지 않으려다 결국은 할아버지의 과오를 범하는 것이 인간이다. 그러나 청소년기의 비행 동기는 대부분 가정 해체, 열악한 생활 환경 탓이 많다.

어른들이 이 점을 가슴에 담고, 어쩌면 문명의 들판 길을 헤매다 무서운 고독에 휩싸여 떨고 있을 불쌍한 내 자식을 가슴에 품자. 참을 인忍자, 한 자를 되새겨 주고, 사람의 자식으로 신뢰하고 키워 가야 하지 않을까? 한편 부모는 돌아올 탕아蕩兒를 관용으로 맞을 큰 가슴을 부디 준비하고 기다리고 있어야 하겠지.

2. 세 살 버릇

나는 목욕을 좋아하는 편인데 요즈음은 목욕탕 가기가 두렵다. 어떤 꼴불견을 만나 무슨 낭패를 당할지 불안해서다. 탕 문을 열기가 무섭게 분탕질을 한 흔적이 한눈에 잡힌다. 행여 아이들을 나무라기도 할라치면 도리어 이상한 사람이 된다.

상대가 성인일 경우 더욱 조심해야 한다. 문신文身 유무, 주먹의 크기나 관상을 잘 살펴야 한다. 내가 굳이 위험을 무릅쓰는 까닭은 배운 사람의 마땅한 도리라고 생각하기 때문인데, 그나마 세태가 험악해서 삼가고 있다.

갈등 끝에 나 혼자 결심을 했다. 입욕入浴 전 일단 쓰레기 청소부터 하기로 한 것이다. 좋은 분위기에서 몸보다 마음을 닦는 느낌을 얻기 위해서이다. 한 번은 예의 그 일을 하고 있는데 먼발치서 한 아이가 소리친다.

"아저씨, 때 좀 밀어줘요."

때밀이로 착각한 모양이다. 그리 멀지 않은 옛날만 해도 아름다운 장면이 많았다. 부자간 도란도란 이야기도 나누고, 서로 등을 밀어주는 정경이 부럽기도 하였다. 장난치는 아이들을 야단치는 어른 목소리에는 위엄이 있었다.

그런데 왜 이 지경이 되었는가? 여러 가지 요인이 있겠지만 유아기의 가정교육과 초등학교의 시민교육이 부실했거나 간과되어온 탓이다. 인간의 사고와 생각의 틀은 대충 세살 무렵부터 자리를 잡아 7, 8세 때 완성된다고 한다. 이 때 욕구를 자제시키고 사람의 기본자세를 잡아주어야 한다.

특히 평생을 괴롭히는 콤플렉스는 6세 이전 유아기에 형성된다고 한다. 모성에서 오는 애정과 보호가 부적절하면, 무시된 자기애自己愛가 잠재의식에 자책하는 감정 덩어리를 만든다. 이 덩어리는 걸 핏하면 상처를 입고 만회를 위해 과잉 성취욕, 타인 부정否定으로 발전한다.

하지만 콤플렉스는 부정적인 것만 있는 것이 아니다. 자기화 Individualization 과정에서 성취 욕구로 발전하고, 동기 유발의 원천이 되기도 한다. 누구든 열등감이나 콤플렉스를 가지고 있다고 본다면, 단순한 해소나 해결보다는 사회적으로 보람을 주어 승화시키는 방법을 찾아보아야 한다.

가난, 병약病弱, 장애, 따돌림 등은 오히려 단순한 콤플렉스인지 모른다. 부자가 되고 싶고, 건강해지고 싶고, 장애를 벗어나는 적극적인 마음 다스림을 공부하고, 친화적인 성격 만들기처럼 하면 되는 것이기 때문이다.

그러나 너무 많이 가져서 생기는 콤플렉스는 악성일 경우가 많다. 재벌가나 세력가의 후손들이 겪는 심리적 피해 의식이 여기에 속한다. 해결하는 방도가 쉽지 않은 복잡한 콤플렉스Complicated Complex다.

아무튼 어릴 적 상처는 언제 어떤 경우에 생기는지 확정하기 어려우므로, 꾸준히 관찰하고 대화로 풀어낼 수 있도록 노력해야 한다. 따라서 지속적인 관심Concern과 흥미 Interest 유발에 초점을 두어야 한다.

요새 젊은이들을 두고 하는 걱정은 어느 시대 없이 모양만 다를 뿐

사정은 비슷하다. 6천 년 전 한 이집트 사제司祭는 "이 땅은 젊은 아이들 때문에 타락했다"고 돌에 새기고 있다. 그래서 시민사회 경험이 학습으로 정착하지 못해 시행착오를 겪고 있는 나라일수록, 거창한 교육헌장보다 시민교육용 행동 매뉴얼이 필요하다.

권리장전權利章典에 연연하면 책임과 도리는 균형을 잃고 오리무중이 된다. 철모르는 아이들 간만 키우고, 종래는 무서운 아이로 버리게 된다. 때문에 주눅 든 세상의 아버지들이나 겁먹고 입을 닫은 어른들이 다시 한 번 후세를 위해 기운을 차려야할 때다.

올바른 조기교육은 세 살 버릇 들이는 가정교육이 먼저다. 세 살 버릇이란 평생 쓸 생각의 틀과 행동 습관을 만드는 일이다. 지금은 용이 승천하는 시대가 아니다. 등용문登龍門도 없고 '개천에서 용 나는' 시절도 아니다. 공부로 끝장내고 고시 한 방으로 신분 상승이 일어나는 시대 또한 아니란 말이다. 두산이 젊은 청년들을 위해 만든 광고 속 이야기가 참 재밌다.

〔푸른 꽃은 푸르러서 예쁘고 붉은 꽃은 붉어서 예쁩니다. 가을은 알록져서 아름답고 겨울은 빛이 바래 아름답습니다. 자신에게 없는 모습을 부러워하지 마세요. 있는 그대로 당신은 충분히 아름다우니까요.〕

개성이 존중되고, 남의 눈길이 가지 않는 자신만이 할 수 있는 일이 있다는 뜻이다. 그래서 '기본으로 돌아가서'생각하는 원점原點 사고가 중요하다. 이른바 출세라는 사회적 자아가 아니라, 좀 불편하게 살아도 행복감을 갖고 자존감을 느끼는 본질적 자아에서 행복을 찾아야 된다는 말이다.

아이가 태어나는 가정은 결혼이 시작이다. 생각의 틀과 행동 양식이 다른 '화성에서 온 남자와 금성에서 온 여자'가 함께 생활하는 곳이 가정이다. 여자와 남자는 다를 수밖에 없다. 서로를 치열하게 연구하되 모르면 알려주고 이렇게 해달라고 주문하면 쉽다.

등잔 밑이 어둡다고 적 앞에서 분열하고 싸우는 불행을 막기 위한 최소한의 방책이다. 그리고 나서 자식에 대한 서로의 생각을 정리하고 교육 방법을 공부한 뒤에 합의한다. 방침을 세우고 나서야 비로소 아이를 낳는다. 정말 갖고 싶은 자식이라면 갖기 전부터 지극 정성을 다하고, 염력念力이 바탕이 되어야 자식의 탄생에 설득력이 있다.

부모 또한 그 자식의 미래에 대한 자신감이 생길 터이다. 물론 시행착오는 있다. 하지만 먼저 이성과 결혼, 그리고 임신과 육아에 대한 공부와 원칙이 먼저라야 한다. 그래야 준비된 부모다. 그러면 자식을 대하는 생각과 태도를 말하는 자식관子息觀에서 제일 중요한 기본은 무엇일까?

"자식은 부모의 몸을 빌려 탄생부터 자신이 선택한 삶을 사는 독립 인격체다. 부모는 자식의 바람직한 존재 이유를 찾아주고 고유한 인생을 존중한다. 자식이 좋아하고 원하는 인생을 살도록 도와주는 것이 부모의 역할이다.

인간은 책임감으로 큰다. 자신의 인생에 책임을 질 수 있어야 어른이 된다. 세상만사, 권리에는 책임이 따르고 또한 그 일이 요구하는 의무나 도리가 있다. 권리, 의무, 책임 세 가지 가치를 생활에서 똑소리 나게 가르쳐야 한다. 습관의 힘을 길러주고 꿈과 희망이 등대가 될 수 있도록 격려한다.

누구에게나 인생 도정道程 여러 곳에 역경과 고난이 있다. 긍정과 적극성, 그리고 참을성으로 극복할 수 있음을 스스로 알게 도와주는 것 또한 부모가 할 일이다. 책과 공부하는 분위기가 있는 곳을 자주 찾으면 호기심을 자극하고 스스로 문제를 해결하는 능력을 기를 수 있다. 스토리텔링의 힘과 종교적인 분위기를 활용하면 훨씬 설명력이 높아진다."

이와 같은 기본에 철저하여 훌륭한 자식으로 키운 부모의 가르침은 오히려 간단하다. 여섯의 자녀 모두가 하버드와 예일대를 졸업하고, 8명의 가족 전체가 11개의 박사학위를 가진 가정이 있다. 중심에 선 어머니, 전혜성 박사는 『엘리트보다는 사람이 되어라』(중앙북스, 2009년)에서 가정교육의 지침을 넷으로 줄여 말한다.

〔첫째, 부모가 자신의 인생을 제대로 세우고 있는가? 어려서 배우는 어버이 자아가 자연스럽게 어른 자아로 옮겨갈 수 있게 눈으로 배우게 한다. 둘째, 사람답게 살 수 있도록 평생의 삶에 지침이 되는 인생의 목적과 가치관을 심어준다. 셋째, 남에게 도움이 되는 사람, 바른 도리를

아는 사람이 결국 잘사는 사람의 길임을 깨닫게 한다. 남을 돕고 베풀 때 내 아이가 큰다는 점을 늘 새기고 있어야 한다. 넷째, 나와 다른 사람, 가치와 기준을 달리하는 세상이 있음을 알고 그들을 이해하고 함께할 수 있는 안목과 심지를 기를 수 있도록 이끌어야 한다.]

그러니까 세 살 버릇은 태아胎兒 이전 예비 부모의 염력과 기도에서부터 시작되는 참된 조기早期교육이다.

3. 고정관념이란 자기 최면

모 방송국의 최면술 실연實演 공연 중 특히 눈에 잡히는 장면이다. 개별 최면 순서다. 세 사람이 모델로 나온다. 첫 번째 사람에게는 자신의 신발을 벗겨 쥐어주며 애견인 치와와라고 암시를 준다. 두 번째 사람에겐 오이를 주면서 장미라고 하고, 세 번째 사람한텐 레몬을 아주 달콤한 복숭아라고 암시한다.

지시에 따라 눈을 뜨되, 자신의 것은 암시한 대로 믿게 하고 다른 사람의 것은 눈에 보이는 대로 말하게 한다. 세 사람 모두 눈을 떴다. 첫 번째 사람한테 묻는다. "당신은 무얼 가지고 있느냐?"고 하니까 역시 치와와라고 대답한다. 옆 사람한테 묻는다. "저 사람이 어떻게 보이느냐?"는 질문에 병원에 빨리 가야할 것 같다고 말한다.

다음 차례로 넘어간다. 오이를 장미라고 하고, 시큼한 레몬을 달콤한 복숭아라고 주장한다. 옆 사람들은 모두 그렇게 말하는 사람을 심하게 돌았다고 말한다. 오직 자신의 것만을 암시한대로 믿고 있다.

프로그램이 해제되지 않는 한, 눈 뜬 장님에 불과하다. 최면 현상은 멀쩡한 사람의 눈도 멀게 한다. 욕심이 지나치거나 집착이 심해지면 다른 것은 눈에 들어오지 않는다. 일종의 자기 최면이다.

잠재 의식의 세계를 정리하여 정신분석학으로 발전시킨 프로이드(Sigmund Freud, 1856년~1939년)도 처음에는 최면술사였다. 히틀러나 무솔리니를 비롯한 대개의 독재자들도 대중 최면에 능했다. 이들은 곧잘 인간의 약점이나 인간 사고思考의 한계를 자신, 또는 집단의 이익을 위해 최면술을 이용했다.

광신도狂信徒들이 울부짖는 말세기적 기도 현장에서, 정치인들의 선거 유세장에서 우리는 숱한 오류와 거짓들이 애국, 애족을 빙자하며 살생과 쟁투를 일삼고 있음을 보아왔다. 그런 점에서 역사는 진실을 말하지 않는다고 하는 지도 모른다.

인간 사고의 틀은 일종의 프로그램이다. 그런 의미에서 사고는 습관과 자세다. 사고가 습관이기 때문에 어떤 생각거리가 투입되면 이미 형성되어 패턴화 한 사고의 틀 속에서 자동으로 처리된다. 습관의 교정과 반복 훈련이라는 노력 없이는, 사고는 관성의 힘에 의해서 자동처리 되고 때로는 가속도와 탄력이 붙어 즉흥적 판단도 가능하다.

이 모두가 고정관념이란 자기 최면 상태에서 프로그램 된 대로 행동하기 때문이다. 인간행동의 배경에는 그 사람만의 안정된 심리적 프로그램이 있다.

심리적 프로그램은 그 수준에 따라 세 가지로 나눈다.

첫째는 모든 인간이 가지고 있는 보편적인 것으로, 희로애락의 감정이 여기에 속한다. 심리학적 발견이 설득력을 가지는 것도 보편적인 인간의 심리는 유사하기 때문이다. 그러나 여기에 함정이 도사리고 있다. 혈액형으로 성격을 판단한다거나, 심지어 종족의 우수성으로 비약시키는 우생학優生學은 과학적 근거가 희박한데도 상식화 되어 있다.

오늘의 운세, 타로 점, 궁합을 보고 부적을 쓰고 독심술讀心術 또는 사기행각, 심지어 일부 종교에도 소위 바넘 효과Barnum Effet, 또는 포러 효과Forer Effet가 통한다. 누구나 가지고 있는 보편적인 인간적 특성을 자신만의 것으로 받아들이는 심리적 성향 탓이다. 예컨대 의사 앞의 환자는 심신이 허약한 어린아이이고, 믿음을 구하는 신자는 미래가 불안한 사람이다. 자신의 마음을 알면 다른 사람의 언행을 읽을 수 있다는 말이다.

둘째는 집단의 특성을 나타내는 집합적 사회적 프로그램이 있다. 다른 집단과 차별화되는 것으로 언어, 종교, 경제 발전의 수준, 전통과 같은 집단의 공통 특성을 말한다. 다른 말로는 문화적 환경이라 한다. 지구적 관점이나 세계적 안목이란 그 문화적 배경과 가치 체계를 이해하라는 말이다.

셋째는 그 사람만 가지고 있는 개인적인 프로그램이다. 가치가 여기에 속한다. 가치는 개인적으로 중요한 의미를 갖는 어떤 상태에 대한 기본적 신념과 선호 경향을 말한다. 대부분의 가치는 어릴 적에 만들어진 것으로, 합리적이지 못한 경우가 많다.

우리 주변에서 흔히 남을 비판하고 사리를 따져 분석할 때는 아주 총명한데, 자신의 처신은 정반대인 사람들을 자주 보게 된다. 왜 저토록 자신의 과오엔 관대하면서도 다른 사람들의 일에는 사사건건 잔인할 정도로 냉혹할까? 보고 싶은 것만 보고 듣고 싶은 것만 골라 듣는 선택적 지각知覺이 그 이유다.

그런데 확증 편향確證偏向으로 발전하면 상황은 더욱 어려워진다. 먼저 자신의 이론을 세우고 지지하는 증거만 찾는다. 자신의 이론에 반하면 미워하거나 멀리한다. 촛불시위 때나 MERS 사태 때 경험한 것으로, 사실Fact과 지각Perception 사이의 간극 때문이다.

바른 사람은 배척당하니 복종, 아첨하는 사람이 모일 수밖에 없다. 성공한 위인들의 함정으로 자주 거론되는 판단 오류 중의 하나다. 성공한 사람은 신념이 지나쳐서 스스로 신화가 되고, 제 발로 사당祠堂으로 들어간다. 역사적 유물이 대부분 그런 목적에서 지어졌다.

참혹한 노예의 희생이나 약탈은 숨겨지고, 과시욕에서 비롯된 탐욕은 미화된다. 그리스와 로마 등지의 관광 명소는 어쩌면 혐오스럽고 반인륜적인 곳인데, 후예들은 악랄한 조상 덕으로 먹고 산다.

그런데 지금은 부자병 탓에 망조亡兆가 들었다. 누구 탓인가? 그래서 베이컨은 잘못 인식된 개념과 경향, 곧 우상偶像에서 벗어나라고 주장한다. 집안 조상을 들먹이며 명문가를 자처하거나, 민족주의나 인종주의로 변질되는 '종족의 우상'Idols of the Tribe, 개인적인 습관과 성벽性癖에 갇혀 우물 안 개구리가 되는 '동굴의 우상'Idols of Den, 오해나 불화 또는 인식 장애를 일으키는 언어 사용으로 인간관계를 해치는 '시장의 우상'Idols of the Market, 독단적인 시나리오가 자신의 마음에 극장劇場을 만들고 스스로 잘못 선택된 극장의 주인공이 되거나 관객으로 포로가 되는 '극장의 우상'Idols of the Theater 등 네 가지다.

우상에 빠지면 작게는 개인의 병이 되고, 집단과 조직을 넘어 나라를 망치고 전쟁도 불사한다. 그래서 인식이 잘못 되어서 생긴 철학의 병을 치유하기 위해서는, 심리적으로 의심보다는 신념과 믿음Belief을 갖는 것이 좋다고 한다. 다만 진리와 의미 Truth and Meaning라는 두 가지 기준으로 과학적 탐구와 추리에 따라야 한다.

"무엇이 옳고, 그것은 어떤 의미를 갖는가?"

우상은 일종의 신들림이다. 우선 우상에서 벗어나고, 진리와 의미라는 두 가지 기준으로 나를 다시 보자.

이처럼 고정 관념은 자신이 조작한 논리의 최면 상태다. 최면에서 깨어날 때 비로소 패러다임의 혁명이 시작된다. 성공한 사람들의 7가지 습관, 실패한 사람들의 8가지 습관을 본뜨면 자신의 새로운 모델을 만들 수 있다. 이 대목에서 생각나는 분이 있다. 성공 신화를 쓸 만큼 꽤나 높은 자리에 오른 자신을 가리켜 말한다.

"잘 된 건 모두 조상 덕이고, 잘못한 건 전부 제 탓입니다. 가난을 물려준 것도 제게 동기와 분발하는 기회를 준 것입니다."

정말 고마워하고 있었다. 아침마다 집을 나설 때 조상께 감사 기도를 한다고 했다. 명상, 기도, 자기 최면, 마인드 컨트롤, 자기 이야기 만들기 등 잘 알려진 방법이 많다. 머레이 D. Kord Murray는 그의 저서 『바로잉 Borrowing Brilliance』에서 평범한 인재도 빌리면 천재적인 창조를 할 수 있다고 주장한다. 그가 말하는 전략 6단계다.

〔해결할 문제를 정의한다. 비슷한 문제를 안고 있는 곳에서 아이디어를 빌린다. 빌린 아이디어를 서로 연결하고 결합한 뒤, 잠재의식으로 여러 결합을 숙성시켜 답을 찾는다. 해법의 강약점을 분석한 뒤 마지막 6단계에서 강점을 강화하고 약점을 제거한다.〕

창조가 뭐 별건가? 빌리면 된다는 자신감의 출발이다.

4. '사랑의 매'에 교육적 의미를 담을 수 있나?

엄마 역할에 한창인 두 딸이 친정에 와서 하는 사연의 상당 부분은 아이들 교육이 힘들다는 하소연이다. 그렇게 매를 싫어하던 그 아이들도 결국은 야단치고 혼을 내며 매를 드는 모습을 보며, "어디까지가 사랑의 매이고, 꼭 매를 들어야 한다면 어떻게 들어야 할까?"
출가한 두 딸의 모정을 생각하는 때늦은 문제의식에서 다시 가슴으
로 매를 든다.

매는 초달楚撻이라 한다. 달초나 같은 뜻을 지녔다. 회초리楚로 때
리는撻 사랑의 매질을 말한다. 여기에 "눈물이 고인 어미 모습을 차마
보일 수 없어 고개를 돌렸고, 매를 든 손은 파르르 떨리고 있었다"고
하면 훨씬 감동적이다.

얼핏 맹자孟子 어머니가 자식의 교육환경 때문에 이사를 세 번 갔다
는 삼천지교三遷之敎나, 학업 계속을 강권하기 위해 짜고 있던 베를 자
른 단기지교斷機之敎가 생각난다. 조선조 선조 때의 한석봉韓石峯 어머니
의 떡 썰기 교육 또한 맹자 어머니에 버금가는 가르침이다. 한데 지
금은 그 어머니의 열정만은 살지언정 교육 방법을 두고는 해석이 매
우 다르다. 비판에 가깝다.

"학교 때문에 세 번 이사라? 진흙탕 속의 연꽃이 더 아름답듯이 역
경이 외려 더 강인한 정신을 길러냄을 간과한 것이다."

"금쪽 같은 베를 잘라? 야박한 모정이 자식의 효심을 잘랐구먼!"

"창조성이 강조되는 시대에 떡 썰기처럼 수공적인 방법을 강조하
다니! 시대를 역행하는 퇴행적인 교육이다."

해서 선진국은 대부분 회초리를 금기시하고, 우리나라도 2010년
11월부터 체벌體罰을 엄격히 제한하고 있다. 누구든 잘못 할 수 있고,
설득과 회유를 통해 자각을 이끌어내는 것이 교육이기 때문이다. 매

를 드는 명분도 꾸중-야단-분노-체벌로 번지면 결국은 폭력이 악순환 되고, 본인의 승복이 전제되지 않는 한 또 다른 보복과 폭력을 예고하는 것이다.

특히 아동 학대에 따른 매 맞는 아이 징후군Battered Child Syndrome이 가져온 병폐는 잘 알려져 있다. 아동을 공격적인 성향으로 몰아가고, 인지認知 능력을 저하시킨다는 점은 상식이 되었다. 혹 불가피한 상황이라도 자존심을 다치지 않도록 경계하며, 특히 얼굴이나 머리, 뺨 같이 인격 손상이 큰 상체에는 손이 닿지 않게 조심해야 된다는 점도 잘 알려져 있다.

그럼에도 불구하고 자꾸만 회초리에 눈길이 간다. 블랙보드 정글을 방불케 하는 작금의 학내 폭력과 무기력한 교육 현장의 책임이, 체벌 금지와 상관되는 것이란 주장이 힘을 얻고 있다. 이유는 뭘까? 매 맞으며 매에 길들여진 사람들이 당시의 고통과 패악은 잊어버리고, '그래도 역시 매라도 들어야' 빗나가는 아이들을 바로 잡을 수 있다는 착각에 사로잡혀 있는 탓일까?

아니면 매라는 가르침이 다소간 부작용이 있지만, 교육적으로 최선은 아니라도 차선은 된다는 이야기일까? 그래서 가르치는 일을 매를 뜻하는 '교편教鞭을 잡다'라 하고, 『명심보감明心寶鑑』에 "귀여운 아이는 매를 많이 때리고, 미운 아이에겐 먹을 것을 많이 주라"고 한다.

"매를 아끼면 자식을 망친다"는 서양 속담이 있는가 하면, 성경(잠언13:24)에도 "매를 아끼는 자는 그의 자식을 미워함이라, 자식을 사랑하는 자는 근실히 징계하느니라"고 한다. 그러나 매는 어디까지나 수단에 불과하고, 목적은 지난 행위의 그릇됨을 가르쳐 옳고 바른 길로 가도록 유인을 주기 위한 것이다.

그래서 사랑이란 조건을 달아 매를 함부로 들지 말도록 경계하고 있다. 사랑이란 본인의 수용과 감동이 함께 할 때, 꽃이 피듯 배어드는 매우 주관적이고 긍정적인 느낌이다. 그래서 사랑의 매가 되기 위해서는 몇 가지 조건이 필요하다.

첫째, 매를 든 교육자가 자신의 감정을 극도로 자제한 가운데 사랑으로 가득한, 그러나 어쩔 수 없이 매를 드는 아픈 마음을 가져야 된다. 둘째, 본인의 수용과 동의가 있어야 한다. 몸은 아파도 마음은 편안해지고, 마땅한 벌을 받음으로써 죄의식에서 벗어나 분발하는 동기가 되도록 돕는 것이 된다.

셋째, 미리 정해둔 규칙에 철저하고 공정하여 차별이 없어야 한다. 넷째, 사후 관리가 중요하다. 혹 처벌받았다는 느낌이나 차별, 혹은 불공정한 대우를 받았다는 억울함이 없도록 해야 한다. 진정 사랑의 아픔으로 내린 결정이란 점을 이해하고, 감동으로 연결되도록 설명과 함께 앞으로 어떻게 행동해야 하는지에 대한 조언이 따라야 한다.

그런데 이 네 가지 조건을 전제하면, 아마도 매를 들 수 있는 사람은 드물 것이다. 교육의 범위를 가정과 학교로 한정해서 본다면, 부모나 교사가 먼저 모범을 보이고 아이들이 자연스레 본을 받도록 하는 것이 바람직하다. 아이들은 자신의 행동이 어디까지 허용되는

지 그 한계를 확인하기 위해, 부단히 시험하고 온갖 시도를 해본다.

사춘기에는 자못 전투적이다. 선악과 잘잘못의 경계가 어딘지를 잘 모르거나, 자신의 행동 범위를 넓히기 위해 부단한 도전을 한다. 이것이 아동의 발달 과정이요, 매우 자연스러운 현상이다. 하지만 이때가 매우 중요한 교육적 행동 지도 포인트다. 이때를 진실의 순간으로 만들기 위해 다음 세 가지 이야기에 귀를 기울여 보자.

에피소드 1

〔도쿄東京 남부 산업도시 가와사키川崎에 있는 작은 학교, 타지마 중학교 졸업식 예행 연습장. 250여 명의 학생 앞에 갑자기 불량 학생으로 이름난 12명이 일렬로 나선다. 우두머리로 보이는 아이가 먼저 나와 지난 잘못을 뉘우친다며 사과하고, 바른 사람이 될 것을 다짐하며 머리를 숙인다. 차례로 사과와 다짐은 이어진다. 지켜보는 선생님들의 눈시울도 뜨거워지고 있었다. 한 선생님의 사랑과 단호함이 배경에 있었다.〕

유력 일간지 요미우리讀賣신문은 「참회의 선언」이란 제목으로 보도하면서, '사랑의 회초리가 불량 학생들을 회심으로 인도하다'는 부제副題를 달았다.

에피소드 2

〔할아버지가 외출용으로 사용하시던 명아주 작대기가 망가졌다. 아

버지가 "할아버지의 손때 묻은 이 지팡이에는 사랑의 세월이 담겨 있어 어두운 곳을 밝히는 등불이니 교육용으로 안성맞춤"이라시며 손수 수리를 하신다. 잘 닦아 고동색 페인트칠을 한 뒤 니스로 두 번을 발라 광을 내시고는, 신발장 옆에 '사랑의 매'란 이름으로 걸어두셨다.

그냥 전시용으로만 생각하던 그 매를 어머니가 들게 될 일이 생겼다. 고3 여학생인 내가 친구들이랑 싸돌아다니다가 밤늦게 귀가한 날이다. 혼쭐이 나갈 만큼 야단을 맞고 잠자리에 들려는데 "이거 먹고 자거라"며 어머니가 내가 평소 좋아하던 과일을 담아 오신 것이다.

어려운 시절이라 귀한 음식인데 어머니는 입에까지 넣어주신다. "아프지? 난 마음이 더 아프단다. 너도 훗날 엄마가 되어보면 나를 이해할 거다." 조목조목 타이르고 나지막이 당신의 심정을 토로하신다. 나도 모르게 눈물이 났다. 매 맞은 종아리를 만지시던 그 따스한 손길이 엄마가 된 지금 더욱 새록새록 아려온다.]

에피소드 3-시 한 수

[내가 잘못했을 때 어머니는 "내가 널 낳은 죄로 나도 맞아야 돼"하시며 자신의 종아리를 회초리로 매질하셨지. 내 종아리 한 번 때리고, 어머니 종아리는 두 번 때리셨지. 내가 잘못했다고 인정했을 때는 나를 품에 꼬옥 안고 눈가엔 이슬이 맺혔지. 삶은 고구마 쥐어주며 나를 업고 동네 한 바퀴 돌아오시며 하신 말 "네가 미워서 때린 게 아니야!"

그 때 그 말이 회초리 매질보다 더 아프고, 고드름 매달린 겨울 싸리

나무에 물을 적셔 웃통 벗은 등짝에 흩뿌린 고통보다 아픈 줄 그 때 알았지. 사랑도 정말 사랑한다면 이별을 하면 알 수 있지. 그대가 너무나 귀하다는 걸. 어머니의 회초리가 이제사 그리운 건, 이젠 영원히 회초리를 꺾어 올 수 없기 때문입니다. 「어머니의 회초리」-박의준]

위의 세 이야기에서 매의 참뜻을 짐작하게 하는 길이 보인다. 자율이라는 자신의 회초리가 만들어지기까지는, 어린 날의 질주 본능을 잡아줄 브레이크가 바로 매라는 물리적 충격 수단이다. 사랑에 대한 믿음이 있고 벌의 공정함과 단호함이 있으며, 매의 상징성을 공감하는 가운데 아픔을 공유하며 진심으로 감동을 이끌어낼 때, 비로소 매는 사랑이 되고 훗날의 그리움이 되며 행동의 등불이 되는 것이다.

그래서 결론은 자명하다. 정성들여 만든 '매'를 비단 보자기에 싸서 잘 보이는 곳에 걸어두고, 한 가족이 모인 자리에서 규칙을 정한다. 규칙을 만들 때에는 자녀들과 함께 대화하며, 토론을 통해 결정할 수 있다면 더욱 좋겠다.

부모가 먼저 자신들의 종아리에 시범을 보인다. 각자 한 대씩 체험하게 한다. 그런 후에 전시한다. 매를 들기에 앞서 전후 사정을 설명하고, 본인의 동의를 얻는다. 만일 동의하지 않으면 몇 차례라도 반성할 기회를 주고, 매 맞는 것도 자신이 선택하게 한다.

부모가 먼저 잘못 교육한 책임을 스스로 물어 자신을 벌한다. 그리고 그 매를 아이한테 주어 자신이 맞을 매를 스스로 들게 하는 것이다.

"자신의 잘못은 자기가 주인이 되어 경계하고 고쳐야 하는 것이기 때문이다."

앞에서 말한 네 가지 조건에 유념해서 자식을 사랑하는 진정성, 불가피한 선택이란 점, 스스로 경계하고 자책하는 점, 앞으로 유사한 일이 생길 경우에는 어떻게 행동해야 할지 자신의 경험을 들어 설명하고 타이른다. 그러니 중요한 것은 공감을 어떻게 이끌어낼지에 대한 충분한 사전 공부가 필요한 점이다.

더 중요한 것은 부모는 어디까지나 가이드 이상의 역할을 해서는 안 된다. 아이들의 자활 능력을 훼손하고, 자칫 마음의 상처를 주어 소아병 환자로 만들 가능성이 있다. 먼저 자식을 믿고 진정으로 사랑하며, 간혹 아니 자주 실수와 실패를 거듭하더라도 이 세상의 땅 끝까지라도 기다려주는 어머니, 아버지의 모습을 보여야 한다.

신뢰를 받는 어버이라야 사랑의 매를 들 수 있다. 그러자면 자식교육에 앞서 부모가 먼저 어른다워야 할 것이고, 부모 먼저 자신을 다스릴 줄 알아야 한다. 자기 속에는 늘 자신을 괴롭히는 여러 명의 악동惡童, 어린애가 있기 때문이다.

〔어느 날 동네 슈퍼마켓에서 한 할아버지가 두 살쯤 되어 보이는 손주의 손을 잡고 걸어가고 있다. 그런데 할아버지는 매우 힘든 시간을 보내고 있는 듯하다. 손주가 진열대에 놓인 과자나 장난감이 보일 때마다

사이렌을 울리는 것처럼 떼를 썼기 때문이다. 하지만 할아버지는 냉정을 유지하며 부드럽게 어린이에게 말한다.

"지미야, 괜찮다. 맘 편히 가지렴. 얼마 가지 않을 거야."

그래도 떼쓰기를 멈추지 않자 할아버지는 거듭해서 속삭인다.

"지미야, 화를 낼 이유가 없단다. 즐겁게 여기를 돌다보면, 몇 분 후면 우리는 집으로 돌아간단다. 약속하마."

상점을 나와 주차장에서도 아이는 계속 소리를 질러대며 앙탈을 부린다. 할아버지는 여전히 부드럽고 조용한 어투로 아이에게 이야기한다. 나는 그들에게 다가가지 않을 수가 없었다.

"선생님, 참으로 대단한 분이시군요. 손자가 이렇게 생떼를 쓰는데도 침착하게 타이르시는 걸 보니, 선생님 같은 할아버지를 둔 지미는 참으로 행운아입니다."

그러자 할아버지가 머쓱한 얼굴로 말했다.

"고맙소만 이 꼬마 녀석의 이름은 안소니고, 내가 바로 지미라우."

할아버지는 정작 손자보다는 자신 속의 어린아이를 달래고 있었던 것이다.]

5. 중심 잡기와 가정의 오너십

청천 하늘이 돌변하여 천둥 번개가 치고, 거센 바람과 억수 같은 비가 내린다. 그러다 홀연히 밝고 맑은 하늘로 변한다. 오욕五慾과 칠정七情이 구비치는 사람의 마음 바탕도 다를 바 없다. 시절 따라 흐르는 마음은 다잡지 않으면 갈대처럼 흔들린다.

다산茶山 정약용丁若鏞이 당부하듯이 "천하의 사물은 지킬 것이 없되 오직 마음만은 마땅히 지켜야 한다." "가장 잃기 쉬운 것이 마음이다. 달아나기를 잘하고 들고나는 것이 일정치 않다. 이록으로 꼬이거나 위협과 재앙으로 으르면 가버린다. 구슬프고 고운 소리에도 가고, 푸른 눈썹 흰 이의 요염한 여인을 보아도 가버리지만, 한 번 가면 잘 돌아오지 않는 것이 마음이다."

그래서 중심 잡기를 한 글자로 만든 것이 '충성 충忠'자다. 가장 믿기 어렵고 배신을 밥 먹듯 하는 임금과 신하 사이에 지킬 도리라며 강요했을 것이다.

그러면 어떻게 마음을 다잡아 가정 경영에 원용할 수 있을까? 그런데 가장 가깝지만 가장 이해하기 힘든 관계가 가족이다. 멀리 떨어져야 그립고, 죽고 나서야 죄스럽고 안타까워하는 『가족이라는 병』(시모주 아키코下重曉子, 살림출판, 2015)이 있다. 대부분의 가정이 그 병에 걸려 있다고 한다. 어떻게 하면 나를 바로 세우고 가족이란 병을 극복할 수 있을까? 먼저 내 마음의 중심 잡기부터 살펴보자. 여기엔 세 가지 길이 보인다.

첫째는 소크라테스가 말한 나의 주체관이다.

"어떤 것이든 나의 허락 없이 나를 화나게도, 나를 고민하게도, 나를 불행하게도 하지 못한다."

나는 나이고, 나의 감정을 컨트롤하는 마스터키는 내가 가지고 있기 때문이다. 분노, 욕설, 폭행, 사기, 모독… 아니꼽고 더럽고 매스껍고 치사스러운 모든 감정꺼리도 1차로 나의 판단의 문을 들어서고, 2차로 나의 선택을 거쳐 행동하게 된다. 그런데 내가 왜 불행을 자초하는가?

"내가 욕을 잘 먹고 박해도 잘 견디고 안티도 미워하지 않는 것은, 누가 뭐라던 나의 행복과 평화가 더 소중하고 천하의 무엇과도 바꿀 수 없는 까닭이다."

나의 주체론은 『죽음의 수용소에서』(청아출판, 2005)를 거친 빅터 프랭클Viktor Frankl에 이르러 삶의 의미론으로 발전한다.

"우리에겐 삶의 의미를 선택할 자유가 있다. 가치와 목표에 전념하면 의미를 찾고자 하는 의지를 실현할 수 있다. 삶의 순간순간 의미를 깨닫자. 자신에게 불리한 일을 하지 말자. 거리를 두고 자신을 바라보자. 힘든 상황과 마주치면 관심의 초점을 바꾸자. 그리고 우리 자신을 넘어 세상을 위한 변화를 만들 힘이 있음을 알자."

둘째는 원치 않는 것은 바꾸되, 바꿀 수 없는 것은 받아들이고 수용하는 길이다. 바꿀 수 없는 것이라면 바꿀 수 있다는 생각을 바꾸면 된다. 그러면 그동안 보지 못한 새로운 세상이 보이기 시작한다.

"If you don't like something, change it, if you can't it, change your attitude, don't complain."

마야 안젤루Maya Angelou가 몸으로 한 말이다. 인종 차별이 극심한 남부 흑인 가정에서 태어나, 세 살에 이혼한 부모를 떠나 할머니 밑에서 살다 일곱 살에 성폭행을 당하고, 열일곱에 싱글 맘이 된다. 마흔이 넘어 자전적인 소설 『새장에 갇힌 새가 왜 우는지 나는 아네I know why the caged bird sings』(문예출판사, 2009)가 베스트셀러가 되면서 세상에 이름을 두루 알린다.

마담뚜, 시인, 작가, 배우, 교수 등 10여 개의 직업을 거치며 온갖 풍상을 다 겪으면서도 빌 클린튼의 대통령 취임식에서 자작시를 낭송하고, 오바마와 오프라 윈프리의 멘토가 된 그녀가 한 말이니 설득력이 있지 않은가?

셋째는 마음을 컨트롤하는 적극적인 길이다. 마인드 컨트롤 또는 자기 최면으로 알려져 있다. 인간은 무슨 일이든 스스로 해결하고, 원하는 결과를 가져올 수 있는 능력을 가지고 있다고 전제한다. 성장 과정에서 능력 발휘를 가로 막는 숱한 장애와 좌절을 겪는다. 자연히 방어에 골몰하다가 부정적인 생각에 지배당하고, 자신을 의심한 나머지 그 능력은 위축되고 시든다.

이러저러한 이유로 어둠에 묻혀 잊어버린 초자아Superego를 발굴하고, 원상으로 회복할 수 있도록 자신을 부단히 설득하는 과정이 마인드 컨트롤이다. 편안한 자세로 눈을 감고 깊은 숨 호흡, 평화로운 장면(맑은 시내 물, 푸른 구름, 교향곡, 허브농장, 향기 그윽한 정원, 장미동산, 수족관, 고요한 호숫가 등) 떠올리기, 부정적 장면 부시거나 깨기, 바람직한 장면을 시각화하면서 빛 속에 싸여 있는 마음의 이미지 상상, 눈을 뜨며 "활짝 깨어 있다"고 말하며 문제가 해결될 것 같은 좋은 느낌을 갖는다.

이제 어느 정도 중심이 잡힌다면 가정 경영의 장으로 옮겨보자. 가정에도 오너십Owership과 리더십Leadership이 있다. 가장은 오너십으로 중심을 잘 잡고, '집안의 해'라는 아내(=안해)는 리더십으로 가정을 이끈다. 일상의 생활은 아내가 맡고 가정이 지향하는 방향, 위기나 혼돈이 올 때처럼 예외적인 일에 대한 결정은 남편의 몫이다.

오너가 갖는 '중심 잡기'란 역지사지易地思之하는 마음이다. 가족의 마음자리를 헤아려 그 사람의 입장에서 전체적인 균형을 잡아주는 역할을 하기 때문이다. 갈등과 다툼의 대부분은 비교에서 생긴다. 잘 난 사람과 비교하고, 제일 잘 나갈 때와 비교하고, 남의 부모나 배우 자, 남의 자식과 비교하면 영락없이 불행에 빠지고 만다.

비교는 보통 사람이 가지는 일상적이고 일반적인 감정이다. 발전 을 위한 동기 부여라는 면에서 필요하다. 그러나 왜 비교하는가? 터 무니없는 욕심과 콤플렉스 때문이다. 더 받고 싶고 더 가지고 싶은 탐심貪心에 휘둘리고, 잠재의식에서 나를 괴롭히는 난장이가 정상적 인 생각을 해코지한다.

나는 더 작아지고 좁아들고 더 모자라진다. 모두 네 탓으로 돌리면 당장은 편하지만, 결국 나는 불행해지지 않을 수가 없다. 심하면 자 학하게 된다. 중심을 잘 잡고 있는 오너십의 주인공인 가장은, 자신 의 감정 컨트롤 마스터키의 소유자요 주체 의식으로 충만해야 된다.

바꿀 수 없는 가족의 성격을 이미 잘 알고, 상황 별로 대처하는 행 동 매뉴얼까지 준비하고 있다. 말하자면 가족 누구든 그 성격을 이해 할 수는 있어도 바꿀 수는 없다. '비교하지 않기, 서로의 인격과 습관 을 잘 알고 존중하기'부터가 시작이다.

특히 다른 환경에서 자란 배우자의 성격은 아내나 남편은 절대로 바꿀 수 없다. 오직 적응하고 현명하게 대처하는 길 뿐이다. 서로 적 당한 거리 유지를 전제로, 비교하고 시험하려는 유혹을 경계하고 조 심해야 한다. 그리고 "좋은 일은 너 때문이고 나쁜 일은 내 탓"이다. 오너란 중심을 잘 잡아, 어느 편도 아니면서 모든 사람의 편이 되는 사람이다. 가끔은 자신을 객관의 눈으로 관조觀照하는 혼자의 시간이 필요하다.

내가 아끼는 후배의 이야기다. 정년을 맞자 혼자서 초겨울 태백산부터 시작하는 배낭여행을 떠났다. 자신의 사회 인생을 돌아보고 제3의 인생을 살 교훈을 얻고자 큰마음을 먹었던 것이다. 그런데 귀가일성歸家一聲은 의외였다.

"여태 가족 특히 마누라의 태도가 섭섭해서 분한 마음에 막가는 생각도 해보았는데, 알고 보니 저 자신을 머슴으로 생각한 탓이었습니다. 자신이 주인임을 깨닫게 되니 매우 부끄러웠습니다."

오너십이란 바로 주인공 의식이다. "내 안에 내가 너무 많다"며 놀라본 사람은 안다. 악연으로 똬리를 틀고 안방을 차지하고 있는 못된 객客의 몸종 노릇을 해왔던 자신이 어찌 부끄럽지 않겠는가? 악의에 찬 객을 내쫓고 주인 자리를 회복하는 일은 어렵게 말해 의식 혁명이다.

주인은 언제나 "내 잘못이요!"를 잊지 않는다. 가정의 모든 관계에서 징검다리가 되고 중심이 되는 것은, 나를 버리고 '너의 편'이 되는 것이기 때문이다. 그러나 결국은 나에게 득(得=德)이 되는 것이 바로 오너십이자 중심 잡는 주인이 할 일이다.

6. 역지사지易地思之, 배우고 가르치기

입장 바꿔 생각하기가 역지사지다. 맹자의 「이루편 장구離婁篇 章句」 하下 28절에 '역지즉개연易地則皆然'이란 표현이 나온다. 바른 사람은 입장을 바꿔 놓아도 같은 행동을 한다는 뜻이다. 이후 다른 사람의 처지에서 생각하라는 말로 의미가 전이되었다. 자신의 잇속만 밝혀 자기에게 이롭게 행동하는 '아전인수我田引水형 인간을 나무라며 쓰는 말이다.

이루離婁는 중국 고대 황제黃帝 때, 눈이 아주 밝았다는 전설적인 인물이다. 이루편은 천하를 아우르는 큰 눈으로 본 맹자의 천하 대관大觀이다. 그런데 맹자는 같은 문장에서 요순堯舜 시절의 신하인 우禹와 직稷을 예로 들어 "한 사람이라도 물에 빠져 죽는 자가 있으면 마치 자기가 잘못해서 죽음에 이르게 한 것처럼 생각하고, 천하에 굶주리는 자가 있으면 모두 자기 탓으로 여겨 '다른 사람의 고통을 자기의 고통으로 생각하는 것'이 현자의 도리"라고 말하는 가운데 '역지즉개연'이란 표현을 쓰고 있다. 역지사지와 같은 뜻이다.

한편 이루편 상上에는 "내가 남을 아껴주는데 남이 나를 친근하게 대해주지 않으면 내가 과연 어질게 대하였는지 자신을 되돌아보고, 인사를 관리함에 있어 뜻대로 되지 않는다면 나의 지혜를 의심하고, 남을 성심껏 대하였는데도 반기는 빛이 보이지 않는다면 내가 진정으로 공경하였는지 반성해보아야 한다(=愛人不親이어든 反其仁하고, 治人不

治어든 反其智하고, 禮人不答이어든 反其敬이니라)"는 구절이 나온다.

이 말 역시 기대한 바를 얻지 못하였다면, 모두 자신의 탓으로 생각해서 그 원인을 살펴보아야 한다는 삶의 지혜다. 『명심보감』의 성심편省心篇에서 "사랑 받을 때 욕됨을 생각하고, 편안한 곳에 살 때 위태로움을 염려하라(=得寵思辱하고 居安慮危하라)"는 말 역시 입장 바꿔 생각하라는 것이다.

부모는 자식의 자리에서, 자식은 부모의 마음으로, 아내는 남편의 편에서, 남편은 아내의 처지에서 생각하고 행동한다면, 우선 가정이 편안해질 것이다. 최소한 집안일 때문에 될 일이 안 되지는 않을 것이다.

그런데 왜 이 일이 그렇게 어렵다고 할까? 자기의 욕구가 무엇인지, 또는 자신의 인격이 어떠한지를 정확히 알기가 쉽지 않듯이, 어찌 다른 사람의 마음을 헤아리고 그 입장에서 생각할 수 있겠는가?

인간의 생각은 사람마다 정형화 되어 있다. 풀밭도 오래 다니면 길이 나듯, 우리의 생각도 반복적인 사용에 의한 길처럼 일정한 사고의 틀Framework에서 일어난다. 생각할 거리가 주어지면 자동으로 그 틀이 작동한다.

고정 관념, 바보의 벽, 확정 편견 등 여러 가지 이름표를 달고 있지만, 쉽게 말하면 생각의 습관화로 인해 관점을 바꾸기가 쉽지 않다. 문제는 그 생각의 틀, 또는 생각하는 습관을 어떻게 들이느냐는 데에 있다. 먼저 삶에 대한 기본 생각과 자세를 거듭 연습해서, 습관과 관성의 힘으로 절로 행동이 나오게 하면 된다. 역지사지를 위한 삶의 기본 생각과 자세에는 세 가지의 길이 보인다.

첫째, 긍정적인 생각으로 타인의 장점과 밝은 면에 집중한다. 장점과 밝은 면에 주목하면 그 사람의 입장이 보이고, 가능성의 문이 열린다. 그러나 부정적인 생각이 꼭 나쁜 것은 아니다. 생존을 위해서는 방어적인 행동이 필요하기 때문이다. 그리고 부정적인 생각도 학문에서는 문제의식이 된다. 그래서 문제의식은 가지되 해법은 긍정적인 생각으로 하라는 것이다.

둘째, 자신에 엄격하고 타인에게는 관대하게 대한다. 자신에 엄중하면 늘 자신이 모자라다는 생각을 하게 되고, 남에게 관대해질 수 있다. 완전한 사람이 없듯이, '누구든 그럴 수 있어'를 전제하면 이해되지 않을 일이 없다. 상대의 실수나 실패는 그 사람이 곤경에 처한 경우다.

이때가 나의 진면목을 보일 수 있는 좋은 기회다. 나의 인격, 이미지가 가장 잘 드러나고, 여러 사람의 마음에 배어들 수 있기 때문이다. 나의 작은 말 한 마디와 위로가 큰 힘이 되는 것이니, 오히려 이런 시간을 기다려야 하지 않을까?

셋째, 역경과 고난을 거꾸로 생각한다. '자살'은 '살자'가 되고, '역경'은 '경력'이 되며, '내 힘들다'도 거꾸로 하면 '다들 힘내'가 된다. 역경은 더 큰 일을 도모하기 위해 자신을 단련시키는 기회다. 내가 선택받았다는 뜻이다. 감사하게 받아들여야 하지 않을까?

그런데 역경을 잘못 생각해서 "내가 뭘 잘못했기에 이런 고통을 받는가?"한 생각 삐끗하면 스스로 무너지고 만다. 거구의 장사壯士가 헛발질 한 번에 넘어지듯이, 힘도 써보지 못하고 자멸하는 것이다.

아침 식탁에서, 산뜻하게 차려입은 정장 양복에다 등교 시간에 쫓긴 딸애가 커피 잔을 쏟은 경우, 출근길에 누군가 툭 치고도 도리어 눈을 부라리는 상황, 비오는 날 흙탕물을 뒤집어씌우고 달아나는 자동차 등 하루에도 인내심을 시험하는 일은 숱하게 일어난다.

이미 저질러진 일이다. 돌이킬 수 없는 일은 받아들이는 것이 나를 위한 것이다. 의외의 관용과 호의를 통해 사태를 반전시킬 때 감동이 일어나지 않는가? 생각을 바꾸면 감정도 달라진다. 하지만 미리 대비하고 있지 않으면 습관적으로 또는 본능적으로 행동한다.

돌발 상황을 가정하고 바람직한 행동을 미리 준비하고 있어야, 급정거에 의한 충격 없이 감정의 조절이 가능하다. 상황 대응 행동 프로그램인 'If-Then'을 상비약으로 가지고 있어야 한다. 그래야 순간 반응 1초, 길어야 1분의 여유가 생기고, 지혜라는 어른 자아가 위기 상황을 잘 정리해주게 된다.

그 다음으로 자식에게는 어떻게 역지사지를 가르칠까?

먼저 부모의 심리, 아이의 심리에 관한 책 한 권 쯤은 마스터하고 아이를 가질 생각을 해야 된다. 태교부터 옹알이 할 때의 대화법을 익힌다. 아이와 함께 하는 자리에서는 늘 기도 한 마디가 빠지지 않는다.

"오늘도 우리 가족 서로의 입장에서 생각하고 이해해서, 가는 곳 어디에서라도 맑고 밝은 기운을 떨치게 하소서. 그리고 서로 격려하고 위로해서, 최선을 다 할 수 있도록 도와주소서."

어느 드라마처럼 '입장 바꿔 생각하자'로 가훈家訓을 정하면 더욱 좋겠다. 그리고 서로를 알리는 대화의 시간에서는 아이들이 좋아하거나 싫어하는 화제를 먼저 알아야 한다. 그들의 입장에서 관심과 흥미를 이끌어야 하기 때문이다. 틈나면 체험하는 시간을 갖고 왜 그럴까? 의문을 던지며, 스스로 해결하는 습관을 키워야 깨닫게 할 수가 있다.

그리고 이미 알고 있는 거라도 자신의 방법으로 이해할 수 있게 해야 한다. 혹 일기나 글을 쓸 기회가 있으면, 언젠가 누가 보더라도 교훈적일 수 있어야 한다. 좋은 시라도 한 편씩 적어두는 것 역시 나를 알리는 좋은 자료가 될 것이다. 책가방에서 발견한 엄마의 이런 격려성 귀띔은 어떨까?

"난 너를 믿는다. 너의 뒤에는 환호하며 격려하는 우리가 있단다. 우리는 너의 성적이나 성취가 아니라, 바로 너를 사랑하고 있음을 잊지 말거라."

부모는 기회를 줄 수 있을 뿐이다. 다만 힘들게 얻은 것은 오래가고 제 것이 되지만 쉽게 얻은 것은 빨리 사라지고, 깨달음에 뾰족한 지름길 또한 없다는 점은 고금에 다름이 없는 진리다. 그래서 역지사지는 수천 년을 외쳐도 오늘까지 감동을 주는 화두가 되고 있지 않은가?

배움이란 이미 잘 알고 있는 것을 어느 순간 완전히 새로운 방법으로 자기 것으로 만드는 과정이다. 말하자면 깨닫고 알아차리는 것이다. 그런데 대개는 '설마가 사람 잡고' 일이 잘못 되고서야 가슴을 친다. 그러니까 가장 좋은 학습은 현장에서 나오고, 몸소 겪어봄으로써 "아하, 유레카!"를 얻는 것이다.

하지만 문제는 늦재주다. 꼭 필요할 때 몸에서 저절로 '입장 바꿔 행동'할 수 없을까? "말을 물가로 데려갈 수는 있어도 물을 먹일 수는 없다." 몽고의 속담에도 있고, 돈키호테나 여러 곳에서 역지사지 하라며 인용하는 말이다.

어느 날 아버지와 아들이 성질 고약한 송아지를 외양간에 넣으려고 했다. 아들은 앞에서 끌고 아버지는 뒤에서 밀었다. 힘으로 밀어붙였지만 송아지는 네 발로 버티고 꼼짝도 하지 않았다.

이 광경을 목격한 안주인이 뛰어나와 두 사람을 물리치고 송아지에게 먹을 것을 물린다. 두 사람이 온갖 힘을 다해 완력을 행사해도 꼼짝도 않던 놈이 갑자기 온순해진 것이다. 드디어 송아지는 부드러운 손길에 이끌려 외양간으로 들어간다.

완력이나 위협보다 더 강한 이 힘은 어디서 나왔을까? 다름 아닌 역지사지의 위력이다. 카네기(Dole Carnegie, 1888년~1955년)가 쓴 『인간관계의 기본How to win friends and influence people』(브라운힐, 2012) 가운데 상대방과 화합하는 원리에 나오는 이야기다. 그러니 결론은 이렇게 자명自明하다.

"비난하지 말고 이해하려 노력하라. 상대의 중요성을 확인시켜 좋게 보이고 싶은 호시본능好示本能을 만족시켜라. 남의 입장에서 생각하라. 상대의 말을 잘 들어라. 상대의 관심을 잘 알고 화제로 삼아라."

역지사지하면 이해하게 된다. 상대의 중요성을 알아야 호시본능을 만족시킬 수가 있다. 상대의 이야기를 경청하고, 상대의 관심을 파악해서 대화의 주제로 삼는다. 결국 여러 가지로 말하지만 역지사지는 내 몸과 마음을 닦고, 화목한 가정을 이끌며, 나라를 통치하는 데에도 통한다. 세계 평화의 원리도 기실 이 말 한마디에 있다.

7. 지름길은 없지만 바로 사는 길은 있다

드디어 대학 문을 들어선다. 제복을 벗었다는 해방감은 잠깐 뿐이다. 자유에는 엄청난 책임이 따른다. 대학 내에서의 모든 행동이나 과외 활동은 본인의 자유다. 하지만 자기 일처럼 아무도 적극적으로 말하지 않는다. 그래도 모든 책임은 본인이 진다.

부전공이나 학과목 선택의 폭은 점점 넓어지며, 전공 필수도 3분의 1정도에 불과하다. 그러니까 대학에서의 전공은 큰 비중을 차지하지 않는다. 엄밀히 말해 학부 수준의 전공은 예비 전문가가 될 수 있는 소양과 필요한 조건을 갖추는 정도다. 대학 전공을 너무 경직되게 생각하지 말고, 생각하는 관점 하나를 얻었다는 정도로 겸손한 태도와 열린 자세를 지녀야 한다.

학사는 석·박사 과정에 진학할 조건에 불과하고, 취업하면 관련 분야에서 아마도 10년 이상 경륜을 쌓은 뒤 직장이나 사회가 인정할 때 비로소 전문가가 되는 것이다. 전문가란 한 분야에서 '가家'를 이루어 다른 사람들이 볼 수 없는 것까지 볼 수 있고, 남이 못 듣는 소리까지 들을 수 있어, 자기만의 생각과 목소리를 갖는 경지에 이른 사람에게 부여하는 사회적 인정이다.

'증證'만 가지고 운위하는 것은 부끄러운 일이다. 그래서 학부 과정은 기초와 기본을 다지는 곳이기 때문에 절대로 소홀해서는 안 되고, 학내 자유를 낭비하면 평생 고생하게 됨을 잊지 말아야 한다. 대학 내의 자유란 자신의 엄격한 규율을 뜻하는 자율Self-Autonomy이란 말이 옳다.

대학에 들면 할 일이 많다. 시간을 금쪽 같이 여기고 철저하게 관리하지 않으면 어정거리다 망칠 위험이 높다. 먼저 나는 어떤 사람이 될 것이며, 어떻게 그 길을 가는가를 정해야 한다. 사실 "무엇이 될꼬!"가 아니라, 이 세상에 태어난 탄생의 이유나 사명을 앞서 따져야 한다. 사명감이나 비전을 가진 사람은 참을성과 지구력이 뛰어나기 때문이다.

하지만 "인생사가 급하니 천천히 생각해도 늦진 않다"고 선배들이 귀엣말하면 믿지 말라. 사실 미련한 생각이다. 선배들의 면면과 졸업생들의 위상에서 나의 미래 모습을 찾아야 한다. 내가 이용하거나 확보 가능한 정보는 어디에 얼마만큼 있는가? 깨알처럼 적고 외운다.

대학에 오면 방향과 감感을 잡아준다는 오리엔테이션Orientation 시간이 있다. 절대로 휘둘리지 말라. 선배와 동료는 협력자가 아닐 가능성이 높다. "왜 저 말을 할까?" 의심하고 회의하며, 내가 할 일과 방향을 잃지 말아야 된다.

특히 잡기雜技는 인생살이에 별 도움이 안 된다. 시간 죽이는 일이다. 심심하고 답답하거든 혼자 산행을 하거나 무작정 걸어보라. 그러면 생각이 달라질 것이다. 목적 없이 친구 따라 강남 가는 것 또한 바보짓이다. 우리에겐 하루 24시간 밖에 주어지지 않았고, 그나마 실제 활동하는 실동 시간實動時間은 10시간 내외다. 빈둥거릴 시간이 없다는 말이다.

현대 산업사회에서는 전문 능력Specialist을 가지면서도 전체를 조망할 줄 아는 능력자Generalist를 필요로 한다. 어학 실습실, 전산실, 도서관 등 학습 공간, 학사 관련 지원 창구, 지도교수와의 면담 방법 등 대학생활에 필수적인 지식부터 알아야 한다.

우리나라는 서구 사회에 비해서 제도적으로 구속력이 약하다. 대학 민주화 과정에서의 오류가 아직 치유되고 있지 않기 때문이다. 청년기의 열정을 잘못 쓸 유혹이 그만큼 많다는 뜻이다. 나와 리듬이 맞고 평생 언덕이 될 교수님이 가끔 스쳐 지나간다. 자주 찾아 작은 의

논도 드리면 가까워지고 정情도 생긴다.

세계화 시대에서는 언어 소통이 먼저다. 듣고, 말하고, 읽고, 쓰고, 영어 하나로는 부족하다. 제2외국어도 해야 된다. 정보화 능력은 언어 이상의 의미를 지닌다. 내가 다룰 줄 아는 소프트웨어Software와 구사할 줄 아는 언어는 이력서에 적을 정도다.

그러나 이러한 능력자가 되기 위해서는 하루 24시간을 경영할 줄 아는 지혜와, 지속할 수 있는 의지와 참을성을 가져야 한다. 그래서 공부는 머리로 하는 것이 아니고 엉덩이로 하는 것이라고 한다. 하루의 일과를 실행시키는 시간표에 나를 밀어 넣어야 한다는 말이다.

그리고 정신적으로 신체적으로 자신을 관리할 수 있도록 평생 운동과 일생의 신념을 만들어 두어야 한다. 잘 사는 길은 많이 벌고 높은 자리에 오르는, '무엇이 되는 것What to be'이 아니다. '어떻게 사는가?How to be'에 있다.

긍정적, 적극적, 낙천적인 삶의 자세로 살다보면 즐겁게 사는 길이 보인다. 이타적인 삶도 좋은 대안이다. 고전은 물론이고 가곡, 팝Pop, 가요도 좋다. 고요한 호수에 달빛이 여울져 흐를 땐 아름다운 시도 어울릴 것이다.

자신만의 노트에 좋은 시와 음악, 유머 등 나를 표현할 수 있는 이야기를 만들자. 좋은 훈련은 반복 이상 없다. 전공의 기본서는 열 번 이상 읽어 외울 정도가 되어야 한다. 분위기만 뜨면 절로 몸으로 나올 수 있도록 연습한다.

대학은 삶을 풍족하게 만드는 지혜를 닦는 곳이다. 인생에 있어 지름길은 없지만, 바르게 사는 길은 있다. 서둘지 아니하여도 빨리 갈 수는 있다. 낭만은 즐기지만 심취해선 안 되고, 오락은 어느 것이나 중독성이 강하다. 경계할 일이다.

대학은 어학 실습실, 전산실, 도서관을 드나들며 산학을 익히는, 4년의 말미를 얻어 준비하고 연습하는 곳이다. 평생 쓸 에너지를 충전하는 곳이 대학이다. 여담 하나. 꼭 대학을 나올 필요도 없고 자격에 연연할 까닭도 없다. 남 눈이 잘 안가는 전문직을 눈여겨보라. 거기에 신세계가 있다.

시장은 인간의 욕구가 모이는 곳이다. 평소 취미 삼아 국내외 시장을 부지런히 뒤지면 답이 나오지 않을까? 그리고 어디에도 블루오션은 없다. 청정 지역도 발견되는 순간 모방되거나 오염될 것이다. 문제는 경쟁을 대하는 자세와 방법에 있다. 상대와 똑같은 방법과 어리석은 도구와 수단으로 싸우면, 피바다 아닐 곳이 없다는 말이다.

대학은 기본을 다지고 닦는 곳이다. 기본은 습관으로 몸에 배어있어야 자기 것이 된다. 1학년 첫 해 시작이 반이다. 입학하기 전, 자유라는 함정에 빠져 허우적거리기 전에 작은 습관 하나라도 꼭 붙들어 보자. 『세계 최고의 인재들은 왜 기본에 집중할까』(도쓰카 다카마사, 2014)에서는 48가지의 기본 원칙을 말하는데 인간 관계, 자기 개발, 매일의 성과, 글로벌 마인드 등 네 가지가 핵심이다.

그 가운데 "퇴근 전, 정리 정돈을 하고 내일 할 일과 우선 순위를 정해두는 일"이 쉬우면서도 중요하게 보인다. 거기에 하나 덧붙여 '한 시간 먼저 출근 또는 등교'라고 하면 어떨까? 집에 오면 호주머니 속 물건을 작은 광주리에 담으며 하루를 돌아본다.

"오늘은 내가 최선을 다했나?"

거울 속 자신을 본다. 미운 사람에게는 불쌍한 생각으로 내 마음을 다독이고, 고마운 사람을 떠올려 감사의 인사를 한다. 에몬스Robert Emmons는 3주 동안 감사의 일기를 써 온 사람의 삶의 만족도를 조사했더니, 다른 사람보다 25%나 더 높더라고 한다.

취침 전에는 감사의 기도와 함께 내일 필요한 소지품을 미리 한 자리에 모아 놓고, 내일 할 일과 시간계획을 만든다. 다음 날 만날 사람이 있으면 미리 반갑게 맞이하는 모습을 떠올리면서, 밝은 미소로 맞이하는 상상을 해본다. 동시에 내일 일과를 나눌 사람들을 위해 기도까지 할 수 있다면 금상첨화錦上添花다.

특히 아침 식사 시간의 기도는 일생을 두고 바른 삶에 꼭 필요한 과정이다. 미국 의사인 존 자웨트John Henry Jowett는 식사 때의 감사 기도는 질병 예방 백신, 항독소Antitoxin, 방부제Antiseptic 등의 물질 분비를 촉진시켜 건강에 최고라고 주장한다. 그러니 더욱 믿음이 가지 않는가?

8. 나의 길 찾기

아메리카 들소라고도 불리는 '버펄로Buffalo'는 눈이 얼굴의 양쪽 옆에 달려있어 앞을 잘 못 본다. 적의 위협에 노출되면 무리를 지어 도망가는데, 앞 선 놈의 꽁무니만 바라보고 달린다. 인디언들은 버펄로의 이러한 약점을 노렸다. 말을 탄 채 함성을 지르며 창으로 버펄로 무리의 선두를 절벽으로 내몰면, 무기도 쓰지 않고 한 번에 수십 마리씩 사냥할 수 있었다.

버펄로는 코앞만 보고 부지런히 달려가다 떼죽음을 당하게 된다. 그러나 버펄로 무리의 위대한 리더는 언덕 위에 앉아 있다. 인디언들이 가까이 오면 절벽 쪽이 아닌 언덕 아래로 무리를 이끌고 도망친다. 비극을 막는 길은 한 발짝 먼 곳에서 전체와 미래를 조망하는 방법뿐이다.

인디언 추장 가운데 '언덕 위의 소'나 '앉아 있는 버펄로'등의 이름이 자주 보이는 이유도, 긴 안목으로 무리를 이끈 리더 버펄로에게서 삶의 지혜를 배웠기 때문이다.

불확실성을 속성으로 하는 현대사회에서는 장기 전망 자체가 뜬구름처럼 허망한 이야기가 될 수 있으나, 장기 계획이 지닌 의미는 그 '실현 가능성'에 있는 것이 아니다. 오히려 목표를 찾아갈 수 있게 도와주는 네비게이터처럼 나침반의 역할을 하는 것이다. 우리는 언덕 위의 버펄로처럼 흔들릴수록, 아니 흔들리기에 중심을 잘 잡아야 하고, 위기가 끊임없이 오기에 균형 감각이 필요하다.

그리고 소음Noise 속에서는 집중이란 기술을 발휘해야 한다. 하버드 MBA과정 재학생들을 대상으로 한 목표 설정에 관한 연구에서, 이 같은 사실은 더욱 분명해졌다. 재학 시 목표와 계획 모두가 뚜렷했던 3%는 졸업 후 나머지 97%의 평균 수입의 10배에 해당하는 수입을 거두고 있었고, 목표만 가지고 있던 13%는 나머지보다 평균 2배의 수입을 올리고 있었다.

일에 파묻혀 자기의 시간Human Time은 잊은 채 하염없이 시계탑에만 갇혀 흘러가다 보면, 내가 살아가는 것이 아니다. 시간의 물결 따라 그저 흐르는 것은 산 자의 삶이 아니다. 죽은 자의 것이다.

고등학교를 중퇴하고 직업 일선에 나선 사람이 있다. 접시 닦기로 시작해서 화물선 선원에 이르기까지 닥치는 대로 날품을 팔아도, 입에 풀칠하기조차 어려웠다. 스물셋 때 실적으로 급여를 받는 세일즈맨이 되었다. 무심코 종이 한 장에 목표를 적었다. 당시론 가당치도 않던 '매달 1천 달러 벌기'목표를 세우고 골똘히 궁리하기 시작하자, 어느 날 이루어졌다.

신바람이 나서 더욱 내달렸다. 물론 실패의 터널도 지나고 우여곡절도 겪었지만, 결국은 성공했다. 지금은 한 번 강연에 수억 원을 받고 성공비결을 파는 세계적 경영 컨설턴트이자, 수십 권의 베스트셀러를 낸 저자가 되었다. 극빈 이민자의 아들로 억만 장자의 반열에 오르고, 경영학 박사까지 한 1944년생 브라이언 트레이시Brian Tracy의 이야기다.

그는 강의 서두에 곧잘 묻는다. 만일 여러분이 비행기를 탔는데 안내방송에서 조종사가 이렇게 말하는 소리를 들으면 어떻게 될까요?

"여러분, 이 비행기는 세계 어디든 갈 수 있습니다. 그런데 목적지를 정해두지 않았기 때문에 어디든 적당한 곳에 내리겠습니다."

아찔한 순간이 연상되지 않는가? 목표를 정하지 않고 살아가는 사람을 비유해서 하는 말이다. 인생이라는 비행기를 운전하는 조종사가 바로 자신인데, 목표를 정하지 않고 적당히 살아가는 사람이 너무 많다고 한다. 생각해보지도 않고 포기하거나, 몇 번의 실패로 좌절하는 사람을 향하여 말한다. '목표는 꿈이 아닌 기술'이라면서 『목표, 그 성취의 기술』(김영사, 2003)에서 이렇게 전한다.

〔 • '12월 25일까지 체중 5kg 감량'처럼 분명한 기한이 있는 간결한 목표를 세운다.

• 늘 교류하는 준거準據 집단의 선택이 목표 달성을 좌우한다. 독수리가 되고 싶다면 독수리 떼 속에 살아야 한다.

• 잠재 의식은 긍정적 명령 처리와 현재 시제에 잘 반응한다.

• 성공한 모습을 늘 머릿속에 구체적으로 그린다.

• 마지막 마무리 5%가 성공을 좌우한다.

• 내가 먼저 변하고 잘못을 인정해야 행동도 변할 수 있다.

• 성공을 원하면 대가代價를 두려워하지 마라. 기꺼이 코스트를 지불

하라.]

그는 이어 말한다. 인간은 성공 본능을 가지고 있다. 이것은 잠자고 있는 거인을 깨우는 일이다.

[먼저 생각을 바꾸자. 삶은 생각이 만든 결과에 불과하다. 내가 없다면 이 우주도 무슨 소용이 있고 의미가 있는가? 나는 중요한 사람이며, 나를 좋아하고 사랑해야 한다. 누구에게나 자신만이 잘 하는 그 무엇이 있다. 그가 그 점에서 똑똑하다면, 나는 이 점에서 똑똑하고 잘났다. 그것이 바로 장점이고 강점 아닌가?

그렇게 생각을 바꾸면 자긍심이 생기고 자존감이 일어난다. 긍정 마인드라야 낙천적인 그림을 그릴 수 있다. 밝은 색상의 그림을 확신과 자신감을 가지고, '어떻게How' 달성할지 방도를 찾아 실천에 옮긴 사람이 성공한다.

매일 문제가 생기고 때로는 위험이 닥친다. 하지만 모든 문제에는 교훈이 있다고 믿는 사람은, 문제를 두려워하지 않고 도리어 즐긴다. 어려운 문제는 수준이 높은 사람한테 주어지는 과제다. 그런 점에서 난제를 만난 사람은 해결 능력을 지닌 선택된 사람이다.]

그러면 성공한 사람은 어떤 사람일까? 성공한 사람에게는 일곱 가지 속성이 있다.

〔마음의 평화를 지니고 건강하며 생활의 에너지, 곧 활력이 넘친다. 사람과의 관계가 원만하다. 사람을 대할 때 얼마나 자주 그리고 멋있게 웃는지, 그 웃음과 미소의 질이 관계 가치를 결정한다.

경제적 자유를 누린다. 가치 있는 목표와 꿈이 있다. 자신을 알고 스스로를 이해하고 있다. 자신의 장점과 단점을 우선 다섯 가지만 적어 본다. 자신과 자주 대화하고 친해지면, 자신을 알아가는 연습이 쉬어진다. 결과를 통해 느끼는 성취감을 잘 기억하고 있다. 성공 예감이 생기고 시각화하는 데 도움이 된다.〕

부연해서 설명하면 이렇다.

①구체적인 목표를 정한다. ②목표를 메모한다. ③시한을 정한다. ④목표 리스트를 만든다. ⑤우선순위를 정한다. 이게 곧 계획이다. ⑥실천에 옮긴다. 한 걸음, 한 발짝씩 뚜벅뚜벅 실행한다. ⑦최고 Excellence를 지향한다.

목표 의식을 가지면 사물을 보는 눈이 달라진다. 프로와 아마추어의 경계도 바로 시각과 관점의 차이다. 아마추어는 그냥 지나치며 구경하는 눈에 그치지만, 프로는 면밀히 살피며 관찰하는 눈을 가지고 있다. 관찰하는 눈은 목적 의식이 뚜렷해 조그마한 움직임이나 가는 실루엣 하나라도 놓치지 않는다.

이렇게 실천에 옮긴 사람이 성공한다. 대부분이 생각을 바꾸지 못하고 목표조차 세우지 않고 산다. 자신을 믿지 못한 나머지 자신을 비하하고, 각종 탓을 들이대며 핑계로 일관한다. 그러니까 최고를 외치며 성공하는 사람은 상위 10% 미만에 불과하다. 당연히 90%는 탈락할 수밖에 없지 않은가? 터득이란 무한히 의심하며 고뇌하는데서 시작된다. 숱한 번민의 날들 속에서 토해낸 작은 앎들을 하나씩 쌓아, 공든 탑을 세우는 과정과 같다. 삶이 의심스럽고 앞날이 매우 어두워 보일 때, 나는 후학들한테 '나의 정체Identity'를 찾아가는 고민의 조각들을 모아보라고 권한다.

서툰 손으로 만든 모자이크도 자꾸 손질하면 입체감이 생기고 애정이 일어나기 때문이다. 다행히 내 질문이 불씨가 되어 자신을 찾아내고, 남을 알아가는 실마리가 될 수 있기를 바라는 마음에서 후렴을 부친다.

"The great pleasure in life is doing what people say you cannot do."

9. 꿈으로 피우는 비전

알프스 산 어느 능선, 후미진 곳에서 한 무리의 등산객들이 길을 잃었다. 갈 곳을 몰라 이리저리 헤매는 사이 그들은 더욱 미궁에 빠져들고, 날까지 어둑하여 모두들 불안 초조해하고 있었다. 바로 그때 한 사람이 고함을 질렀다.

"여기 지도가 있다!"

그들은 신대륙을 발견해 희망에 찬 콜럼버스처럼 혼신의 힘을 다해 길을 찾고, 간신히 하산에 성공하였다. 그리고 그 지도를 꺼내어 다시 한 번 살펴보았다. 하지만 그것은 알프스 산맥 지도가 아닌 로키 산맥 지도였다.

이처럼 아무리 부실한 엉터리 지도라도 내가 갈 길이 있고 거기에 분명한 청사진이 덧붙여지면, 언제나 길은 열리기 마련이고 그 사람의 행보는 몰라보게 달라진다.

인생의 지도는 꿈에서 비롯된다. 유전적 DNA 요소는 젖혀 두고라도 성장과정에서 하고 싶고, 보고 싶고, 갖고 싶은 욕구Desire, Needs가 싹 터서 축적된다. 그러다가 어떤 계기Chance라는 드라이브Drive를 만나면 방아쇠가 당겨진다. 상상력의 조화로 꿈이 생긴다.

하지만 꿈보다 해몽解夢이 중요하다. 꿈을 현실과 관련시켜 해석하는 과정이 해몽인데, 잘못하면 길몽吉夢이 악몽惡夢이 되기도 한다. 유생 셋이 과거科擧길에서 꿈을 꾸었다. 한 사람은 거울을 땅에 떨어트리는 꿈을, 또 한 사람은 액땜용 쑥이 걸려있는 장면을, 마지막 한 사람은 바람에 꽃이 떨어지는 걸 보았다.

해몽자를 찾았다. 마침 출타중이라 그 아들이 꿈 얘길 듣고 악몽이라 했다. 낙담하고 있는데 요행히 그 아비가 돌아와 아들을 꾸짖고 반가운 얼굴로 말한다. 거울이 떨어지면 소리가 나고 그 빛이 사방으로 비칠 것이고, 액땜용 쑥대는 사람이 올려다보는 것이며, 꽃이 떨어지면 열매를 맺을 것이니 길몽을 넘어 대몽大夢이라 한다.

과연 셋 다 과거에 급제했다. 꿈은 긍정, 적극, 낙천적으로 해석할 때 길몽이 되고 대몽이 되는 것이며, 꿈꾸는 사람의 기를 세워주어 확신으로 활짝 피어오르게 하는 것이다.

꿈은 오늘보다는 한껏 나아지리라 믿는, 앞날을 헤아리는 마음이다. 그래서 '싶어라'는 욕구가 강해지면 구체화되고 심화된다. 작심삼일作心三日과 같은 이완을 무릅쓰고, 결단과 절치부심切齒腐心이라는 혹독한 의식화 과정을 거친다.

드디어 그림으로 그려지면 비전Vision이다. 비전은 바람직한 장래의 모습이고, 현재라는 순간에 포착된 망원경 속의 미래상이다. 이른바 구경각究竟覺이다. 비전은 어둠을 밝혀주는 등대이고, 외롭고 힘들 때 자신을 지켜주는 수호신이다. 길을 잘못 들거나 미로를 헤맬 때 스스로 울려 경계심을 갖도록 도와준다. '20년 후의 나'처럼 기록해서 가지고 다니면 부적符籍 효과도 생기고, 그 실현 가능성이 매우 높아진다고 한다.

비전을 대외적으로 선언하여 '내가 왜 이 세상에 태어났는지', 탄생의 의미를 밝히게 되면, 미션Mission이 된다. 미션은 나의 존재 이유이자 사명이다. 경영의 원리는 깨우침과 터득에서 온다. 한 사람의 인생에 적용하면 살아보지 않고도 알 수 있는 삶의 지혜, 곧 자아경영이 된다.

때문에 "너는 누구냐?" "너는 어떻게 살고자 하며, 왜 그렇게 되고자 하는가?"라고 묻는다. 비전을 만들 때 가질 문제 의식이기 때문이다. 비전은 주관이 섰을 때 보아도 자신을 설득할 수 있고, 대외적으로도 정당해야 한다. 비전은 바람직한 나로 살아가기 위한 나의 길이다. 해서 소중한 만큼 매일 거울을 보듯 비쳐보며 갈고 닦아야 한다.

자신의 정체를 찾아가는 도구로 긍정적인 일기 쓰기가 매우 효과적이다. 하루 일을 비쳐보며 느낌을 쓰고, 조금씩 다듬어 가면 글쓰기 연습도 되고 살아 움직이는 생동감을 잃지 않게 된다. 방법이 쉬울수록 어렵다. 지속 가능성 때문이다. 내키지 않을 때는 좋은 시 한 편을 적고 외우다, 잠자리에 들어도 좋지 않을까?

제 자리를 지키는 사람은 대부분 지겹지만 이 길을 걸어왔다. 수필집 『영원과 사랑의 대화』로 한 때 젊은이들의 가슴을 파고들었던 김형석 선생은 1920년생이니까 96세다. 고령에도 불구하고 몇 십 년째 노트 한 페이지씩 일기를 쓰고 있다고 한다.

"한두 해 전 일기와 비교하면 사고력의 높낮이를 재는 재미도 있죠."

또 다른 경우다. 그 분야에서 자타가 공인할만한 위치에 있는 분의 이야기다.

"제 일기에는 누구와 언제 어디서 무슨 얘길 나누었지 다 기록되어 있습니다."

무서우리만큼 철저한 자기 관리가 일기에 있다는 말이다.

죽는 순간이라도 늦지 않다. 깨달음과 시작은 언제라도 빠른 것이다. 몸은 사라져도 혼백魂魄은 정신, 또는 문화유산으로 남아 있을 것이기 때문이다. 꿈을 다듬어 윤리적으로 정당한 자기 확신의 바탕 위에 세우면, 상상이라는 공기보다 가벼운 물질이 헬륨Helium이나 수소처럼 부력浮力을 만든다.

여기에 염력이란 엔진을 달고 비전을 조종간으로 쓰면, 리모트 컨트롤이 가능하다. 이른바 하이브리드 비행선Airship이 된다. 무얼 실을지, 무얼 할지 가는 길이 훤히 보이지 않겠는가?

독수리처럼 무리에서 벗어나 높이 솟아올라 전체를 보는 눈을 우선 가지자. 꿈을 갖고 염력에 불을 붙여 끈기 있게 매달리면, 어느 날 부력이 생긴다. 비로소 시작이다. 그래서 시작을 반이라고 한다. 그러나 꿈은 아름답지만 끈질김과 숨겨둔 나름의 방책이 없으면 일장춘몽一場春夢도 되고, 야밤에 꿈길을 헤매는 몽유도 있음을 깊이 새겨야 할 것이다.

10. 멋, 숨은 그림을 찾아내는 안목

천방지축天方地軸 귀동냥만 하고 다니던 산촌 초등학생이 선문답禪問答에 골몰해 있던 학인學人스님에게 묻는다.

"스님, 이거 쉬운 산수 문젠데요, 한 번 풀어보실래요?"

쉽다니까 신경이 쓰여 미간眉間까지 찌푸려진다.

"5에서 3을 빼면 뭐죠?"

어렵게 생각한 그 학승은 머뭇거린다.

"2지요. 그런데 왜 2일까요?"

멍해 있는 사이에 답이 돌아온다.

"오해를 다른 사람 입장에서 세 번 생각해 보면 이해가 된다는 말입니다."

이해가 안 되는 이유는 자기 입장에서만 생각하기 때문이니 맞다.

"그럼 2에다 2를 더하면 4지요? 그 까닭은 이해하고 이해하면 사랑이 생기기 때문이랍니다."

한 때 유행하던 말이다. 이해는 낮은 자세에서 겸손한 마음으로 조심스럽게 살펴본다는 뜻의 'Understanding', 한 발 물러섬이 아닌가? 그렇다. 복잡한 문제일수록 작은 가지나 미로에 휘둘리지 말고, 큰 줄기를 따라가면 쉽게 풀릴 수가 있다.

쉬운 문제를 어렵게 풀려다 보니 자꾸 다른 문제를 만들고, 종래에는 문제에 갇혀 문제아가 되고 만다. 그래서 단순하게 살아라, 뿌리를 찾아라, 기본으로 돌아가서 잔가지를 치고 쉽게 생각하라고 하는 것이다. 어렵고 힘들 때 지혜의 어머니는 "Let it be!"라고 말하고 있다.

세상이 복잡다단해질수록 콜럼버스의 계란 세우기처럼 단순하게 접근하는 사고의 다이어트가 필요한 시대에 우리는 살고 있다. 거대한 트럭이 교량에 끼어 꼼짝 못하고 있는 상황이다. 어쩔 줄 몰라 낑낑대는 어른들 틈으로 한 아이가 자그만 목소리로 말한다.

"아저씨, 타이어 공기를 조금 빼 보시죠."

얼마나 간단한 생각인가? 전통에 얽매이지 않는 발상이 창조를 만들고, 발견도 가능케 하는 것이리라.

인생은 B Birth에서 시작해서 D Death에서 끝나는 그 사이 간격이라고 한다. 사르트르의 말이라는데, 어느 호사가好事家가 잠깐의 순발력에 권위를 덧씌우기 위해 빌려온 말인지 몰라도 그럴싸하다. B와 D 사이라면 C이고 C에도 숱한 단어들이 있다. 그 중에서도 가장 잘 어울리는 단어가 Choice(=선택)이다.

일상 속의 선택, 가치관과 직업, 평생의 배우자, 종교적인 신의 선택에 이르기까지, 인생을 가장 잘 설명해주는 단어가 선택이다. 살다 보면 수많은 기회Chance를 만나게 되고, 기회는 또한 변화Change를 가져오게 되는데, 변화에 대응하는 태도, 곧 도전Challenge 여부에 따라 적극적인 삶과 소극적인 삶으로 나눠진다. 어떤 삶이든 본인의 선택에 달려있기 때문이다.

어느 저명한 치과 의사는 금지옥엽金枝玉葉으로 키운 딸을 자신보다 더 훌륭한 의사로 키우고자 애를 썼다. 그러나 그 딸은 아빠의 소망과는 달리 선량하기는 하나 재수를 거듭해도 의대 입학부터 좌절되어 부녀간 갈등이 극심하였다. 어느 날 아버지가 결심한다. 딸을 설득하여 위생사의 길을 택하게 하였다. 집안의 평화를 되찾은 그 아버지는 이렇게 말한다.

"남의 눈치만 살피지 않으면 길은 많아요. 나는 그동안 행운을 상징하는 네 잎 크로버만 찾아 헤맸지요. 그러면서 사방에 널려 있는 세 잎 크로버가 행복을 뜻하는 것인 줄 모르고 있었던 것이지요."

우리는 그동안 남한테 뭘 보여야 한다는 강박 때문에 현란한 훈장에 목말라 했다. 하지만 자신의 눈을 되찾은 그 아버지처럼 깨닫고 나면 참으로 허황된 꿈이요, 착시가 빚어낸 한갓 신기루蜃氣樓임을 알게 된다.

삶이란 뜻의 Life에는 그 가운데에 If가 있다. 상황이나 기회가 If요, 어떤 원인이나 결심도 If다. 상황에 따라 여러 가지 시나리오가 가능하고, 원인은 결과를 결정지으니 인과관계因果關係가 성립한다. 말하자면 If-Then이 되는 것이다.

경영학에서는 상황에 적합한 결정을 하라는 관점에서 우발성, 돌발성이란 의미의 Contingency를 If-Then으로 압축해서 설명하고 있다. 여러 가지 상황이나 기회 가운데에서 내가 무엇을 선택하느냐에 따라 결과는 달라지기 때문이다.

그러고 보니 앞에서 말한 인생 해석과 맥을 같이 한다. 탄생 B와 사망 D 사이의 기회Chance이고, 선택Choice이며, 그 선택의 결과인 변화Change가 이어지는 과정이란 말이 다시 확인되는 셈이다.

"노력하면 되고, 안 되면 또 하면 되고, 일곱 번을 넘어져야 칠전팔기七顚八起가 되지."

모든 일을 '되'로 바꾸면 안 될 일이 없고, 안 된다고 지레 겁을 먹으면 될 일도 안 되는 법이다.

삶은 절망의 저편에서 시작된다. 때로는 우연이 필연이 되고, 행운이 파멸의 원인이 된다. 일생이 잠깐인데 즐겁고 여유롭게 살자면, 내 나름의 멋을 만들고 멋을 삶의 가치로 삼아야 하지 않을까? 다석多夕 유영모(柳永模, 1890~1981) 선생 말씀처럼 "죽게 되면 이 생 안 나왔다고 생각하고, 아니면 또 한 번 나올 결심을 세우고" 있는 그대로의 자신을 사랑하자.

이제부터라도 눈에 뜨이지는 않으나 고상함이 느껴지는 멋 Invisible Ink을 찾아 나서자. 멋은 그 사람의 향기고 빛깔이다. 묵향墨香 그윽한 서재에서 단정한 몸가짐으로 서책에 몰두하고 앉은 노老선비의 성성한 백발에서 멋은 살고, 세상 풍상을 다 겪은 퇴기退妓가 툇마루를 사뿐사뿐 걷는 보선 코에도 멋이 숨어있다.

단순함, 준비된 낙관과 선택, 평범 속의 비범, 내려올 때에야 찾아낸 무명 야생화의 아름다움처럼, 정작 행복은 우리 옆에서 관심과 발견의 눈을 기다리고 있을 것이다.

멋은 매력의 다른 이름이다. 매력魅力이란 글자 그대로 귀신도 미처 모르는 힘을 가졌다. 영어로도 Let it be witch를 줄여 Bewitch라 쓴다. 멋은 끈질기게 밀고 나가야 자기 것이 된다. 그래서 자기다움이고 정체성이다.

어느 유명 배우는 만들어진 목소리처럼 들리는 가성假聲을 가졌다. 처음에는 간드러지는 그 소리가 듣기 거북했다. 그런데 점점 그 가성은 다른 사람들이 감히 흉내 낼 수 없는 애교가 되었다. 그만이 할 수 있는 독특한 스타일이 된 것이다.

어색하기는커녕 매력이 되니 향기가 난다. 멋은 옷맵시에도 있고, 생활의 자세나 태도에도 숨어있다. 그러나 자유분방하면서도 감정과 행동이 균형을 이룰 때 참 멋이 우러나온다. 여러 자연물이 조화를 이루어 사람의 마음을 사로잡을 때라고 하니, 멋은 균형과 조화의 철학임이 분명하다. 그래서 멋은 부리는 것이 아니라 은은하게 풍기는 것이라고 했을 것이다.

밝은 영혼의 눈으로 보는
역설의 창

인간은 한없이 부족하고 나약한 존재다.

천재지변은 고사하고 깜깜한 밤에 혼자 내버려만 두어도

겁에 질리는 존재다.

기댈 언덕이 필요하다. 그 언덕이 믿음이다.

믿음은 등대가 되기도, 나침반이 되기도 한다.

제2부

아프리카 원주민들이 원숭이 잡는 방법은 간단하다. 야자열매에 원숭이 손 하나가 겨우 들어갈 만한 구멍을 낸다. 그 안에 원숭이가 좋아하는 먹이를 넣어둔다. 일단 손에 들어온 먹이는 절대로 놓치지 않는 원숭이의 습성이 결국 자신을 죽음으로 몬다.

여기에 원숭이를 인간으로 바꾸고 먹이를 돈, 명예, 권력처럼 인간이 좋아하는 먹이 감으로 대체하면 인간세계와 다를 바 없다. 죽음을 마다않고 부나비 같이 불길에 몸을 던지는 인간은 자살인가? 타살인가? 누가 원숭이를 어리석다고 혀를 찰 것인가?

물론 지능이 있는 동물이라 진화를 했다면 "공짜는 쥐덫에 놓인 치즈밖에 없다"는 지혜를 얻었을 것이다. 먹이를 쥐고 손을 빼지 못하는 상태는 분명 딜레마고 모순이다. 이 때 "먹고 싶지만 먹지 말아야 한다"는 세상 이치를 알면 역설을 보는 것이다.

모순은 못 뚫을 게 없는 창矛과 못 막을 게 없는 방패盾처럼 어쩔 수 없이 궁지에 빠져있는 상태다. 모순을 그대로 두면 표류漂流한다. 가정, 건강, 직장, 애정도 난파선처럼 표류한다. 모순을 그대로 방치할 수가 없어서 해결을 시도하는 것이 역설이다.

그래서 '소리 없는 아우성'도 있고 '찬란한 슬픔'도 있다. 세상은 모순덩어리지만 사람은 이 모순을 풀어간다. 인생은 이 세상의 모순을 풀어가는 역설의 전개 과정이다. 제2부는 역설의 창으로 세상을 본 것이다. 여기 모두 10개의 작은 창이 있다.

잘 나갈 때는 보이지 않았다. 죽음 앞에서 간신히 찾았다. 창문을 여니 사방에 '이 시대의 역설'이 늘려있다. 현대인은 삶의 목적을 잃었다. 모두 경쟁적으로 수단에 혼을 뺏긴 탓이다. 만들어진 감정의 탈을 쓴 채 '타임 푸어'라며 절규하는 인간 대중의 아우성이 즐비하다.

역설은 동물의 세계에서 더욱 선명하다. 더없이 아름다운 평화 속에 살벌한 전쟁이 숨겨져 있다. 그런데도 정작 그들은 모두 태연하다. 마치 "죽으면 까짓 다시 태어나지 뭐!"달관한 도인의 태도를 닮았다. '세렝게티의 역설'에서 균형과 조화를 위한 역설의 비밀을 들여다본다.

이 세상의 역설을 읽고 동물 세계의 비밀을 캐고 나니, 새삼 대자연의 치밀한 연계와 인과에 마냥 숙연해진다. 그런데 그토록 엄청난 힘을 가진 "하늘은 왜 천인공노할 일을 보고도 침묵할까?" 의심이 들지 않을 수가 없다. 인간에게 자유 의지와 양심을 심어놓고 역설에서 순리를 찾아가도록 인간을 믿고 있기 때문일까?

그러나 인간은 한없이 부족하고 나약한 존재다. 천재지변은 고사하고 깜깜한 밤에 혼자 내버려만 두어도 겁에 질리는 존재다. 기댈 언덕이 필요하다. 그 언덕이 믿음이다. 믿음은 등대가 되기도, 나침반이 되기도 한다. 그런데 확신을 갖고 있으면서 교당敎堂에 가기를 머뭇거리는 '가나안 신자'가 있다. 종교의 본디 모습을 찾고 바람직한 자리를 생각한 까닭이다.

다음은 선악의 문제다. 선악은 대칭 관계가 아니다. 관점과 시간을 달리해 보면 선은 악이 되고, 악은 선이 된다. "소선小善은 대악大惡과 닮아 있고…" 그 역설 속에 세상 사는 이치가 있다.

다시 인간 관계란 무엇인가 곱씹어본다. 고슴도치의 딜레마에서 '관계의 역설'을 본다. 부자유친父子有親도 역설로 설명된다. 그러면 왜 사는가? 흔히 우리는 행복을 위해서라고 말한다. 과연 행복의 참 모습은 무얼까? 행복은 궁핍의 논리다. 가진 것과 지금에 만족하지 못하고 내 손에 없는 것과 막연한 내일을 바라고 소망하고 탐하기 때문이다.

그래서 행복은 역설이다. 역설의 실타래를 푸는 방법은 없을까? 우선 작은 것과 섬세한 것에 주목한다. 작고 섬세한 것의 큰 힘, 스몰빅 파워를 발견한다. 그럼 어떻게 배워 나의 것으로 만들까? '배우지 않고 배우기'다. 역설을 살피니 한 줄기 희미한 빛이 스민다. 중용中庸의 빛이다. 더 깊은 뜻으로는 중도라고 하던가?

"역설을 알고 나니 중용이 보인다."

이 또한 소리 없는 외침이다. 그 다음은 가르치지 않고 가르치기
가 아닐까?

1. 이 시대의 역설과 독소獨笑

어느 시대 없이 그 시대를 상징하는 말이 있다. 성과 사회, 피로 사
회, 탈脫 감정 사회가 이 시대를 표상한다. 풍요, 지나침, 긍정 과다를
속성으로 하는 성과 사회가 결국 일을 낸다. 질주하는 개인은 자신도
모르게 담을 쌓고 고립된다. 모두 지치고 타버린다.

잘 살려다 나를 잃고 남의 눈만 의식하는 『피로 사회』(한병철, 문학
과지성사, 2013)에서 뒹군다. 마침내 감정마저 기계화되고 조작되어 열
정을 잃은 '탈 감정주의'(『탈 감정사회』, 메스트로비치, 2014)에 빠지고 만
다. 잘 사는 내 집은 남에게 내어주고, 남의 집을 넘보는 어리석은 옆
집 아저씨가 우리다. 다음에 인용한 「우리 시대의 역설」은 인터넷에
서 여러 사람들에 의해 개작되거나, 내용 편집으로 이어지고 있는 현
재 진행형이다.

1995년 밥 무어해드Bob Moorehead 목사의 기도, 설교 및 방송 원고 모
음집 가운데 『The Paradox of our Age, in words aptly spoken』에서 따온
것으로 알려져 있다. 영상 자료www.youngtibet.com를 보면 원작이 티베트
의 달라이 라마Dalai Lama 14세의 시로 되어 있다.

아이로니컬하게도 이 글은 비극적인 사건 때문에 유명해졌다. 1999년 4월 20일, 미국 콜로라도 주의 덴버에 있는 컬럼바인Colombine 고등학교에서 총기 난동 사건이 일어났다. 평소 '트렌치코트 마피아'로 자칭하던 두 학생이 교사와 학생 등 13명의 무고한 생명을 학살하고, 24명의 중·경상자를 낸 끔찍한 일이다.

이 엄청난 사건을 가슴 아프게 생각한 호주 코노타스 항공사의 CEO 딕슨Jeff Dicken이 무어헤드 목사의 글을 인터넷에 옮겨 실었다. 여러 사람의 손과 입을 탄다. 누구의 작품인지 잘 모를 정도로 맞춤과 수선 과정을 거친다. 그러면서 나름 세상의 부조리를 고발하거나 교훈적인 글로 바꿔가고 있다.

이 글은 어느 시대나 엇비슷하게, 사후에나 알려지는 선각자들의 눈에 비친 이 세상의 모순과 갈등을 설파한다. 표현은 다를지라도 진맥診脈이 근사하고, 그 의미가 정곡에 근접한 점에서 새삼 다산茶山 선생의 '독소獨笑'가 큰 해학으로 다가온다.

당대의 선지식善知識은 대개 초연하고, 범사凡事를 뛰어넘는 초인적인 태도를 일상으로 삼는다. 감히 초개草芥의 범부凡夫가 그 경계를 넘보기는 어렵지만, 이 분들의 눈을 빌어 가끔은 탈속하며 비범해지는 느낌은 공감할 수 있지 않을까?

「우리 시대의 역설」paradox of our times

〔오늘날 사는 집은 점점 커지는데 정작 가족은 줄고, 편리한 것은 많

지만 누릴 시간이 없구나. 배운 것은 많아도 상식은 줄어들고, 지식은 늘지만 판단은 오그라드네. 전문가는 숱한데도 문제는 더 많아지고, 좋은 약은 많지만 건강은 별로라네….

생활하는 법은 많이 알아도 인생을 어떻게 살지는 배운 바 없고, 나이만 먹었지 인생의 연륜 쌓을 줄은 모르네…. 사기만 했지 즐기지를 못하네. 달에는 부지런히 오가면서도, 새로 이사 온 이웃 사람 만나러 길 건널 생각은 아니 하네. 외계 정복엔 열심이면서도 내면세계엔 깜깜이로구나.

원자를 깨고 부술 생각은 하면서도, 편견 깨트릴 생각은 왜 않는가…. 달려갈 줄만 알지 기다릴 줄은 모르고, 소득은 느는데 도덕심은 왜 그 모양일까? 정보는 많은데 소통은 잘 안되고, 양은 늘어도 질은 떨어지는구나…. 소득은 늘었는데 이혼은 더 많이 하고, 집은 호화로운데 가정은 왜 깨지고 있나?….

모쪼록 어떤 목적만으로 소유하려 들지 말지어다. 오늘, 그리고 이 자리가 가장 중요하고 특별하기 때문이다…. 느긋하게 의자에 등 기대고 앉아, 무심히 펼쳐지는 경관에 그냥 빠져보자. 가족과 함께 하는 시간, 친구와 벗하는 시간을 늘리고 좋은 음식은 삼가하고 가고, 싶은 곳은 미루지 말자.

인생이란 단순히 살아가고 살아남는데 의미가 있는 것이 아니요. 인생은 잠깐에서 순간으로 이어지는 시간의 연속이니 그 순간, 그 잠깐을 즐겨보자…. '언젠가'니 '어느 날'이니 하는 막연한 내일…. 가족이나 친구한테도 얼마나 사랑하고 좋아하는지 숨김없이 털어놓고, 더 웃고 더 즐거운 일이 있으면 미루지 말고 인생에 기쁨을 더 해 가자⋯. 일분일초가 특별한 순간이다. 언제 어느 때가 마지막이 될지 누가 알겠나?]

다음은 운명의 장난Irony of Fate을 설파한 다산의 시 「독소」다. 눈 밝은 사람, 다산의 눈매가 무섭다. "나 혼자 웃는 뜻을 너희는 아는가?" 라며 묻지만, 내려 하는 말이 아니다. 그는 문득 이 세상의 역설을 본 것이다. 세상 사는 이치가 이러하거늘 즐거워도 넘치지 아니하고樂而不流, 슬퍼도 비참해할 일이 아니다哀而不悲. 깨침을 혼자 말하고 있는 것이리라.

有粟無人食(유속무인식): 양식 많은 집 먹을 자식이 없고
多男必患飢(다남필환기): 자식이 많으면 가난하기 마련이다.
達官必蠢愚(달관필준우): 출세한 관리란 아둔하기 짝이 없는데
才者無所施(재자무소시): 재주 있는 자는 펼 길이 없구나.
家室少完福(가실소완복): 복을 온전히 갖춘 집은 드물고
至道常陵遲(지도상릉지): 지극한 도도 언제나 쇠태하기 마련
翁嗇子每蕩(옹색자매탕): 아비가 인색하면 자식은 방탕하고
婦慧郎必癡(부혜랑필치): 부인이 지혜로우면 남편이 멍청하도다.
月滿頻値雲(월만빈치운): 보름달에는 구름이 자주 끼고
花開風誤之(화개풍오지): 꽃이 활짝 피면 바람이 불어댄다.

物物盡如此(물물진여차): 인간 세상사 모두 이러하니

獨笑無人知(독소무인지): 나 혼자 껄껄 웃어도 사람들이 알기나 할까?

이 시는 조선조 정조 때의 실학자 다산 정약용 선생이 1804년 유배지 강진에서 쓴 글이다. 다산은 스물여덟에 문과 급제를 하고 벼슬에 나서, 6년 뒤인 서른넷에 '벼슬의 꽃'이라는 정3품 당상관 동부승지에 올랐다. 하지만 그 해 모함을 받아 품계가 6등급이나 떨어지는 지방 하급 관료로 좌천되는 수모를 겪는다.

이후 세 차례, 18년간의 유배 생활과 미복권未復權 기간 17년을 보냈고, 57세에 유배에서 풀려 만신창이가 된 몸을 추스르면서도 늦은 나이를 탓하지 않고 학문에 몰두하였다. 형제의 무참한 죽음과 자식을 앞세운 간난 속의 험악한 세월을 인고로 버텼다.

참고 기다리며 후대를 기약하겠다는 의지의 표현으로 스스로를 사암俟菴이라 불렀다. 범상한 사람이라면 울분과 통한 속에서 타락하거나 추락할 고비를 고루 갖춘 대목이다. 하지만 그는 달랐다. 초인의 모습을 닮아 있다.

참혹한 강진의 유배지에서 그를 맞이한 것은 혹한의 겨울바람과 그 곳 백성들의 차가운 냉대였지만, 그는 초연하고 담대하였다. '천주학쟁이'란 분홍 글씨를 새긴 그를 독버섯처럼 여기며 상대하지 않아도, 개의하기는커녕 학문에 전념할 기회라며 기뻐하고 있다.

겨우 동문 밖 노파가 내준 남루한 방 한 칸에 거처를 정하면서, 원망이나 한탄보다는 언행과 자세에 당당함을 잃지 않고 있다. 금욕과 수신을 생활에서 몸소 보이며, 방대한 연구와 저술에 몰입한다. 강진의 유배 기간은 다산에게는 고통과 고난으로 이어지는 고단한 세월이면서도, 학문적으로는 매우 알찬 결실을 가져오는 수확기가 된다.

다산 학문의 두 축이 되는 경세학經世學과 경학經學에 대한 500여 권의 저서 대부분이 이 시절에 이루어진다. 유교의 전통적인 학문인 경학은 육경(시경, 서경, 역경, 춘추, 예기, 악경)과 사서(논어, 맹자, 대학, 중용)를 말하고, 세상을 경영한다는 경세학에는 미완성인 『경세유표』(=새로운 국가경영을 위한 제도개혁론으로 경학론과 정치경제론의 종합), 『목민심서』(=지방행정 쇄신을 위한 원칙과 지침서), 『흠흠신서』(=흠흠은 걱정되어 잊지 못하는 모양을 말한다. 억울함이 없도록 경계하라는 뜻으로 모은 판례집) 등이 포함된다.

모질고도 굴곡진 삶이 오늘날 그 누구도 감히 넘보지 못할 대학자로 우뚝 서게 한 것이다. 성자로서의 삶이 옷깃을 여미게 한다.

대학자 다산을 낳게 한 것은 묘하게도 그에게 닥친 불운不運이요, 액운厄運이다. 정조 임금의 총애를 한 몸에 받았던 그에겐 출세가 보장돼 있었다. 그런데 시대적인 아픔 탓에 관운官運을 잃고 온갖 고초를 다 겪는다. 하지만 만일 고관대작高官大爵을 지내고, 관리로써 나는 새도 떨어뜨릴 권력과 세도를 가졌더라면 어떻게 되었을까? 화무십일홍花無十日紅이라, 오늘의 다산은 나올 수가 없다. 이 또한 인생의 아이러니가 아니겠는가?

그리하여 이 이야기는 사람됨을 강조하는 어른의 목소리로, 인간 도리를 강조하는 자리에는 심심찮게 등장한다. 뜻을 펴려 자리라는 출세를 했는데, 막상 높이 오르니 거기는 앉을 데가 없다. 자리를 보존하려니 일도 못하고 인품만 망가진다.

다행히 바른 일을 했지만, 뒤를 이은 사람이 차별화를 빙자해서 깡그리 뭉개고 먹칠을 한다. 그러고서 어느 날 진실이 밝혀지고 다시 살아난다. 지금의 역경과 불행이 동기를 주고 분발의 촉매가 되어, 성공의 불씨가 될지 누가 알겠는가?

그래서 『명심보감』에서는 "복 있다고 다 누리지 말고, 권세 가졌다고 다 부리지 마라. 복이 다하면 빈궁해지고, 권세 뒤에는 원수가 기다리고 있다. 복은 아끼고 권세는 삼가며, 특히 교만과 사치는 뒤가 허무한 것이니 모쪼록 근신하고 자중하라"고 신신당부한다.

2. 세렝게티의 역설

「동물의 왕국」의 주 무대요, 1981년 유네스코 세계자연유산에 등재된 세렝게티 초원은 사파리의 대명사다. 스와힐리어Swahili 語로 사파리Safari는 '여행'이고, 세렝게티 Serengeti는 '끝없는 초원'이란 뜻이다.

세렝게티 사파리를 '게임 드라이브'Game Drive라고도 한다. 언제 나타날지 모르는 아프리카 빅 파이버 사자, 표범, 코뿔소, 코끼리, 버펄로를 기다리는 무료한 시간을 메우기 위해, 차에 탄 사람들끼리 게임을 벌이기 때문에 붙여진 이름이다.

세렝게티 국립공원은 탄자니아와 케냐의 국경에 걸쳐 있다. 세렝게티 평원은 세렝게티 국립공원과 동쪽의 응고롱고로Ngorongoro 보호구역을 합쳐 '초원의 바다'Sea of Grass라고 한다. 크기는 우리나라 강원도와 비슷하지만 평원이 1만4천763㎢라고 하면 상상을 초월하지 않는가?

이 끝없이 넓은 들판에 3백여만 마리의 야생동물과 350여종의 조류가 함께 보금자리를 나누고 있다. 작열하는 땡볕 아래 한가로이 풀을 뜯는 누Gnu와 얼룩말, 그리고 톰슨가젤 떼 사이에는 정적이 깃들어 있다. 평화롭다.

얼마나 지났나? 풀 쓸리는 작은 소리에 귀를 쫑긋 세운 얼룩말이 먼저 내뺀다. 누도 가젤도 삽시간에 마구 달린다. 더 이상 추격이 없자 다시 정적이 오고, 한가한 풀 뜯기가 시작된다. 그런데 역시 세렝게티의 진짜 얼굴은 동물들의 대이동이다.

우기雨期에는 풀이 무성한 공원의 남동쪽에서 살다가 우기가 끝나는 6월초에는 북서부 쪽 빅토리아 호수로, 다시 북쪽의 케냐 지역 마시이마라 국립공원 방향으로 옮긴다. 건기乾期가 끝나는 11월에는 출발했던 남동부 초원으로 되돌아온다.

싱싱한 먹이와 마실 물을 찾아 시계 방향으로 원을 그리며, 짧게는 800㎞에서 길게는 근 3천여㎞까지 이동하는 동물들의 대장정은 누가 보아도 아름다운 감동의 현장이다. 그러나 여기는 약육강식이라는 야생의 법칙이 지배한다. 이곳을 멀리 또는 가까이, 그리고 깊거나 얕은 어느 쪽에 앵글을 맞추느냐에 따라 세 가지의 안목이 보인다.

첫째는 아름다운 사바나 초원과 수백만의 동물들이 펼치는 파노라마다. 그곳의 겉은 평화로운 천국의 모양을 하고 있으나, 그 속에는 살벌한 전장戰場이 숨어있다. 처절한 삶과 살벌한 죽음이 대조된다. 보이는 평화와 보이지 않는 전쟁이 공존하는 삶의 현장이다.

아프리카 속담에 나온다는 사자와 가젤의 이야기가 말해주고 있다. 톰슨가젤과 사자는 시속 80여㎞로 빠르기가 비슷하다. 누가 먼저 눈을 뜨고 빨리, 그리고 오래 달리느냐에 생사가 달려있다. 그래서 가젤의 천적天敵은 시속 110여㎞로 달리는 치타다. 치타는 빠른 대신 오래 달리지 못하는 약점을 가지고 있다. 물려죽는 놈이나 굶어죽는 놈이나 기로에 서 있기는 마찬가지다.

둘째는 먹이 사슬의 아래쪽에 있는 동물들은 서로 협력하고 역할을 분담한다. 초식 동물인 누와 얼룩말은 항상 같이 다닌다. 시각이 뛰어난 얼룩말 한 마리가 늘 보초를 선다. 보기와는 다르게 누보다 느린 속도(64-5㎞)를 높은 시력과 고도의 경계심으로 보완하고 있는 것이다.

그리고 후각이 잘 발달된 누는 물을 잘 찾아 얼룩말을 물웅덩이로 안내한다. 그러면서도 이들은 먹이가 서로 다르다. 얼룩말은 풀의 끄트머리만 먹고, 소와 유사한 누는 풀줄기나 잎을 챙긴다. 사슴과인 톰슨가젤은 지면 가까이에 있는 쪽을 택한다. 같은 풀이라도 먹는 부위를 달리한다. 생태학에서 생태적 격리Habitat Isolation는 파트너 사이의 경쟁을 없앤다고 한다. 누와 얼룩말은 포식자의 공격을 받으면 인해전술로 집단 방어를 하기도 한다.

셋째는 먹이 사슬 또는 천적 이론이다. 다시 동물의 왕국으로 들어가자. 누와 얼룩말, 그리고 톰슨가젤이 평화롭게 풀을 뜯는 평원 어디선가 사자 한 마리가 나타난다. 시력이 뛰어난 얼룩말이 먼저 뛰니 누도 가젤도 함께 달린다. 느린 얼룩말 한 마리가 사자의 공격을 받고 쓰러진다.

난동이 지나고 묘한 정적이 깃든 사이, 사자 가족의 식사가 시작된다. 어느새 하이에나와 독수리 떼가 서성인다. 남은 몸통 고기는 하이에나가 먹고, 뼛속 고기는 독수리가 쫀다. 이리하여 한 판의 식사는 흔적도 남기지 않고 깨끗이 끝난다. 초원의 청소부 덕이다.

또 다른 장면이다. 수천㎞를 달려온 누 떼가 물살이 거세 보이는 강 앞에 멈췄다. 약간의 망설임 끝에 한 마리가 물속으로 몸을 던진다. 수만 마리가 우르르 강을 건넌다. 한 무리는 악어의 밥이 되고, 한 떼는 물살에 쓸려간다. 수장水葬 후 떠오른 사체는 독수리의 먹이가 된다.

간신히 강을 건넌 누 떼도 다시 일어서지 못하는 놈이 상당수에 이른다. 다행히 정신을 차린 누 떼는 번식을 시작한다. 희생된 수보다 더 많은 무리로 불어난다. 하지만 다시 있을 대이동에 방해가 되는 새끼는 버려진다. 태어나자 바로 달릴 수 있어야 산다.

　이 이야기는 다시 먹이 사슬의 조화나 균형 이론으로, 또는 천적 이론으로 발전한다. 먹이 사슬의 아래쪽에 있는 동물들은 서로 역할을 분담하고 협력함으로써 방어에 성공하고 있다. 특히 생존에 필요한 부분은 시력, 후각, 생산력 강화 등으로 진화한다.

　먹이 사슬의 정점에 있는 사자라도 필요한 만큼만 사냥한다. 그래서 먹이 사슬은 망가지지 않고 선순환한다. 먹이 사슬 내의 어떤 존재도 필요하지 않은 게 없다. 조화와 균형이 이루어지는 이유다. 다음은 천적 이론이다.

　'이병철의 메기론'은 다 아는 이야기다. 유럽에선 청어의 천적인 물메기(=곰치)를 이용한다. 베링해나 북해 근방에서 많이 잡히는 청어는 산 놈 값이 비싸기 때문이다. 같은 이치로 활어 운반에는 가물치도 쓴다.

　말을 바꾸어 천적이 없는 천국 같은 곳에 사는 동물은 어떨까? 병들거나 퇴화해서 멸종한다. 인도양의 작은 섬에 살던 도도새는 먹거리가 많고 천적이 없어 날지도 못하다가, 다른 동물이 들어오자 멸종했다. 뉴질랜드의 키위새도 같은 운명에 처해 있다. 날개는 흔적만남고 몸통은 큰데, 운동부족 탓에 알은 달걀의 5, 6배나 된다.

　제왕절개를 해서 인공부화를 해야 한다. 이미 자연산이 아니다. 뉴질랜드의 양 또한 먹이가 풍부하고 천적이 없다. 일반 양이 20여년을 사는데 비해 6, 7년 밖에 못산다고 한다.

아름다운 섬에 사는 동물들이 시들시들 병들었을 때, 이리 한 마리를 풀어놓는 것이 처방이다. 천적은 다른 동물의 생명력 향상에 기여한다. 약육강식은 이미 선악의 문제가 아니다. 악의 없고 선한 '너의 죽음'이, 결국은 종種의 번영을 위한 아름다운 한 알의 밀알이 되는 것이다. 자연 질서의 역설, 또는 생명의 역설 아닌가?

세렝게티 평원의 자연은 인간의 보호가 있기 때문에 가능하다. 하지만 또 다른 인간은 호시탐탐 이들의 질서와 평화를 탐욕의 눈으로 노려보고 있다. 2014년 말, 탄자니아 정부가 공원 경계에 있는 서울 면적의 2.5배나 되는 야생동물 통로Wilder Corridor를 아랍에미리트UAE 국적의 사냥회사에 개방하는 계약을 진행한다는 보도가 있었다.

동물의 왕국에서 그들과 삶을 함께 하는 마사이 족 4만여 명이 강제 이주당할 위기에 처했다고 한다. 세렝게티의 역설 속에 살아있는 자연의 질서를 인간이 위협하고 있다. 잇달아 국제적인 캠페인이 벌어져 수백만 명의 반대청원이 힘을 얻어가고 있다.

인간 탐욕의 천적은 양심의 회복과 사회적인 운동밖에 없다. 다행히 '세렝게티의 눈물'이 인간의 탐욕을 경계하고, 세렝게티의 보호가 인류 생존의 길임을 알리는 기회가 될 것으로 믿는다. 인간 또한 강자는 부러지고, 약자는 다시 강해지는 역설 속에 살기 때문이다.

3. 하늘은 왜 천인공노할 일을 보고도 침묵할까?

인간은 하느님, 조물주, 우주 또는 신이 만든 피조물 중에서 최고의 걸작이다. 그래서 만물의 영장靈長이라고 한다. 신은 인간을 창조할 때 인간에게 준 자유 의지가 혹 당초의 뜻에 어긋나더라도, 리모트 컨트롤 할 요량으로 양심을 심어놓았을 따름이다.

양심은 신이 믿는 최후의 보루요, 스스로 울리는 자명종自鳴鐘이다. 그런데 인간들은 자비, 사랑, 평화를 신념으로 삼아 더불어 화목하게 살라는 신의 뜻을 저버린다. 동기를 부여하는 욕구가 분에 넘치는 탐욕으로 변질했기 때문이다.

잠깐 빌려준 세상을 마냥 소유하려고 한다. 전쟁은 일상이고 약육강식은 상식이며, 일부 세력이 권력과 부와 명예를 독과점獨寡占한다. 아직도 순진무구한 사람들을 꼬여 노예 못잖은 학대와 악행을 일삼는 집단이, 하필이면 신을 빙자할수록 혹독하다.

이런 일이 생기면 어김없이 우리는 신과 하늘을 탓한다. 사실 인간 스스로 저질러 놓은 악행인데, 부모 원망하는 망나니 자식들처럼 대든다. 신은 왜 이럴 때 가만히 있느냐며 도리어 호통이다. 노여움이 넘치고 철퇴를 내려쳐도 시원치 않을 장면이 도처에 깔렸는데, 신은 침묵한다. 인간의 눈에만 그렇게 보일까? 그 무시무시한 장면도 신의 뜻이란 말인가?

신은 죽었다, 신은 위대하지 않다, 만들어진 신이란 악담을 해도,

신을 팔아 궁전을 짓고 초호화판 대관식을 해도 묵묵부답이다. 꼭 불장난하는 자식을 둔 부모의 심정일까? 철들기를, 제 정신이 돌아오기를 애간장 태우며 기다리고 있을 것이다.

인간 스스로 문제를 해결할 수 있도록 자연의 법칙, 먹이 사슬, 천적에 의한 자정自淨 능력을 발휘할 수 있도록 역사와 사례를 통해 깨우치게 한다. 그래도 인간의 근력이 못미쳐 힘이 부치다 싶으면, 신은 마지못해 밀사를 보낸다.

동서양의 성자들이 밀사다. 이 어른들이 전하는 밀지密旨가 성서요 경전이다. 양심을 회복할 수 있도록 돕기 위해 '양심 사용법'을 보내준 것이다. 구약과 신약으로 요약되는 성경, 불경, 코란 등이 큰 말씀이다.

비슷한 시기에 동양의 여러 현자들이나 서양의 철인들이 나선다. 양심 사용법을 인간 눈높이에 맞춰 다시 해설한다. 포괄하는 범위나 난이도의 차이는 있지만, 하늘의 큰 말씀을 풀어서 말하는 것이다.

그런데 여기에 방편론方便論이 등장하면서 복잡해진다.

"그냥 자연과 순리를 말하면, 미련하면서도 잔머리를 굴리는 인간들은 따라오지 않습니다. 공연히 시간만 낭비하니 겁을 좀 줍시다. 스스로 자신을 묶는 올가미로는 원초적인 죄의식이 최고지요. 결과적으로 큰 말씀에 따르도록 하는 귀납적인 방법이 효과적이기 때문입니다."

그래서 원죄관이 생기고 지옥이요, 천당이고 천국이며, 심판 개념이 나온다. 신은 자유 의지를 준 인간에게 직접 말하지 않는다. 하늘은 최악의 경우가 되면 봄베이의 최후처럼 판쓸이를 할지언정, 사사건건 즉결 처분을 하지 않는다.

그런데 이러한 우주적 진리를 약점으로, 또는 기회로 노린 무리가 있다. 사이비 종교가 그렇다. 세상 사람들을 미혹하고 속인다. 그 결말은 비극으로 끝났다. 아직 드라마가 종결되지 않아 상영 중인 곳이 몇 군데 남아 있긴 하지만, 회개하고 참회하거나 개과천선改過遷善하지 않는 한 불을 보듯 종말은 빤하다.

하지만 오랜 세월 검증된 종교는 영혼 학교요, 그 교과서는 성서이다. 성서의 큰 줄기는 양심을 옳게 사용해서 바르게 사는 길, 곧 '신의 입장에서 생각하기'다. 물론 여기서 말하는 신이란 우주의 진리나 법이라 해도 좋고, 종교는 개인적인 신념 체계라 해도 무방하다.

다만 보라는 달은 보지 않고 가리키는 손가락만 보는 어리석음에 유념해서, 생활 속의 종교라면 좋겠다. 무종교도 하나의 신념이란 점에서 종교적인 가치를 지닌다. 신의 진정한 뜻을 알아차리고 거울을 보듯 자신의 양심대로 살면, 그것만으로도 행복을 얻는다.

하루 10분 명상, 거울 보며 자신과 대화하기, 작고 소박한 기도처 찾기, 익명의 독지, 자신의 내면으로 들어가 양심의 소리 듣기 등 좋은 방법이 많다. 이런 모습을 아이들에게 보이면 말없이 가르치는 산 교육이 될 것이다.

정화수 떠놓고 자식의 무병 장수, 소원 성취를 무작정 비는 어머니의 지극정성을 보고 자란 자식은 곁길을 모른다. 바르고 옳은 길을 갈 수 밖에 없다. 스스로 잘 될 것이라 믿는 자성예언自成豫言이 등대가 된다. 자신을 지켜주는 북극성처럼 길을 밝혀주고 있기 때문이다.

평범하고 쉬워서 도리어 어려운 것이 세상 사는 이치다. 과문한 탓인지는 몰라도 내 주위에서 지극한 정성으로 매사 최선을 다하는 사람이 제 몫을 하지 않는 경우를 본 적이 없다. 지은 대로 받는 것이 하늘의 이치다. 원인이 있기에 결과가 있고, 결과를 보면 그 까닭을 짐작할 수 있다. 한 세대가 아닌 다생多生으로 보면 말이다.

하늘은 인간의 자유 의지를 믿고 맡기지만 시한부다. 물질은 물론 생명도 잠깐 빌려준다. 알고 했든 모르고 했든 자연의 법칙은 엄정하다. 그대로 받는다. 빌면 봐주고 좋은 일과 나쁜 일로 상계할 것이라는 믿음은 매우 인간적이다. 인간 세계에선 눈감아주고 적당히 넘어가기도 하지만, 자연의 법칙에선 또박 또박 그대로다. 하늘을 닮은 동서고금의 석학과 철인들이 성징性徵이 모자라고 덜 떨어져서 바보처럼 살았겠나? 다 알고 보았기 때문이다. 하늘의 뜻에 따른 것이다. 가장 신뢰할 만하고 오랜 세월 검증된 자연법칙이 있다.

〔뿌린 대로 거두고, 자기를 이기는 사람이 가장 강한 사람이며, 가진 것에 만족하는 사람이 으뜸 부자다. 이타적인 사람이 진정으로 자기를 위하는 사람이다.〕

물론 이타利他를 정의하기는 복잡하고 어렵다. 눈에 보이지 않는 손으로 오직 그 사람의 장기적인 발전에 도움이 되는 일이면 된다. 양심 또는 본심은 그 사람의 모든 언행이 저장되는 곳이면서, 동시에 하늘의 말씀이 오가는 통로이다. 실재하는 자리를 상단전上丹田이라고 추정한다.

조금 설명을 덧붙이자면, 우주의 기운이 사람과 연결되는 통로가 있다고 한다. 하늘과 땅 사이에 인간이 있다고 하는 천지인天地人 개념이다. 모든 기氣가 모인다는 백회혈百會穴을 통해서다. 백회는 숫구멍이 있는 정수리 자리다. 상단전은 양미간兩眉間 바로 위쪽으로, 좌뇌와 우뇌를 연결하는 뇌량腦樑이 위치하는 곳이다.

정밀한 실증 연구는 차치하고, 도나 기를 공부하는 이들은 모두 상식처럼 받아들이고 있다. 잘은 몰라도 어른이 되면 어슴푸레 느낌과 짐작으로 안다. 그래서 너무 곧고 바른 말이라 가슴으로 전해지기가 어려운 고전의 말씀이, 낮살이나 들어야 더 큰 울림으로 다가오는 지도 모른다.

이러하니 하늘의 뜻을 알려면 내 양심의 소리를 들으면 된다. 잘 들리지 않으면 하늘에서 오는 길이 막혀 있기 때문일 것이다. 엉뚱한 곳으로 잘못 났거나, 오래 되고 낡아 망가진 길은 바로 잡아야 한다. 그러면 어떻게 할지 자명하다.

참선이나 기도를 통해 길을 수리하고 연락을 기다리면 된다. 그래도 안 되면 부질없는 욕심으로 꽉 차있는 마음의 쓰레기통부터 비우고, 다시 자리에 앉아 볼 일이다.

4. '가나안' 신자

"가나안 신자가 1백만을 넘었다"는 기사를 보고 의아했다. 가나안Canaan은 기원전 13세기 경, 이스라엘 민족이 지금의 팔레스타인 강 서쪽 지역에 살던 가나안 민족을 쫓아내고 정착한 곳이다. 구약의 창세기 편에는 하나님이 아브람에게 약속한 땅으로 나온다. 그러니 가나안은 이상향이라는 의미가 담겨 있고, 가나안 신자라면 약속의 땅에 살고자 하는 가나안 목자라고 생각했기 때문이다.

그런데 '안 나가'를 거꾸로 읽어 교회당에 나가지 않는 소속 없는 신자를 일컫는 신조어라 한다. 말하자면 나처럼 절에 다니지 않으면서도 스스로는 불교를 믿는다고 생각하면 가나안 신자다. 해서 나름 그 속사정을 알 듯도 하다.

현실의 교당이 사명에 충실하기보다는 독선에 빠져 있는 경우가 많고, 일부 지도자들의 처신을 보며 실망하는 바가 얼마나 큰지 짐작하고도 남기 때문이다. 물론 어두운 면에 주목한 부정적인 생각 탓일 수도 있다. 하지만 깊은 깨달음과 무한 자비를 본질로 하는 부처의 길을 전제로 하면, 현실의 법당은 너무 소란하다.

언제부터 초대형 석조 불상이 방편方便을 빙자해서 부처를 모독해도 말리는 사람이 없는가? 수도修道의 도량道場은 화려한 나머지 도리어 세속적이다. 불가佛家의 관행은 권위적이고 위압적이며 현학적이지 않는가? 천당과 지옥으로 위협하는 경전은 여전히 미신적인 권력을 가지며, 부처의 진언眞言을 구름처럼 가리고 있지만 고승대덕高僧大德은 왜 말이 없는가?

법구경法句經 수준보다 못한 우리말 녹음 법문은 절마다 꼭 같다. 초기 경전은 그렇게 어렵지도 않았다. 3세기 경 구전해 오던 부처의 말씀을 처음으로 정리한 숫타니 파타Sutta Nipāta, 經集는 외우기 쉽도록 반복이 잦은 운문시韻文詩 형식이다.

한자로 번역하는 도중에, 그리고 법사法師의 해설 법문 과정에서 난해해져서 전문가의 해설을 듣지 않으면 근접할 수 없는 미로가 된 것이 아닐까 한다. "이 뭐꼬?"라고 묻는데 상상을 뛰어넘는 기발함이 정곡이란다. 당연히 어렵다. 마치 성경이 사방에 흩어진 이야기를 모으고 여러 나라 말로 번역되면서, 엉뚱한 내용이 들어가고 오역이 생겼듯이 말이다.

편집 오류나 오역은 오히려 자연스러운 일일 것이다. 수정하고 바로 잡는 작업이 꾸준히 이어지는 것이 정상이고 정도가 아닌가? 그리고 하늘과 교통하는 곳이 꼭 교당이라야 하는가?

그런데 성경이든 불경이든 한 번 정해진 다음에는 만고의 진리가 되어 버린다. 과문한 탓인지는 모르나 경전을 수정, 보완, 정리, 개정하는 작업이 상설되는 경우는 들어보지 못했다. 더구나 진리는 하나요, 신은 유일하다고 절대 신앙하면 무서운 종교 재판이 불가피하다.

더욱이 목회자의 해설 과정에서 해석상의 비약이 생기고, 시대적인 변화를 감안하지 않은 채 근본주의로 오해하면 걷잡을 수 없다. 급기야 탈레반처럼 급진적인 해결을 빙자하면 전쟁은 불 보듯 빤하다.

우선 불경부터 단순화해서 쉬운 문장으로 바꿀 수는 없는가? 팔만대장경이 다 필요하지 않듯이, 이 많은 경전의 말씀 때문에 전문가도 결국 체면상 아는 척 할 수밖에 없게 된다. 그리고 선사는 신심을 이끌어 내고 마음을 다스리는 의사인데, 높은 대에 올라 괴로워 찾아온 신자더러 "내려놓아라!"고 호통을 치는 것이 맞는가?

좀 더 가까운 거리에서 다정하게 손잡으며 "자비는 이런 것이야!" 미소로 말하고, 선정禪定에 든 모습으로 보여줄 수는 없을까? 룸비니 동산, 무우수無憂樹 나무 밑에서 태어나 보리수 아래서 정각正覺을 얻고, 그 깨우침을 세상 사람들에게 알리기 위해 45년간 바람처럼 살다가, 세수 80에 사라수沙羅樹 밑에서 열반에 든 부처다.

그는 종교라거나 교주라는 말은 입 밖에 내지 않았으며, 자신을 찾는 곳이면 어디든 달려갔다. 가릴 옷 한 벌과 바리때 하나一衣一鉢를 들고 길에서 살다가, 길道을 남기고 사라져 갔다. 그러기에 우리는 그를 구도자요, 영원한 스승으로 믿는 것이다.

다행히 우리나라에는 비슷한 걸음으로 살다 뚜렷한 족적을 남기고, 국민들의 가슴에 아직도 살아있는 성자들이 있다. 그냥 따라만 가도 된다. 태워주겠다고 손을 벌리고 자세를 낮춘 거인의 어깨에 오르기만 해도 된다. 본을 보이는 정도로는 미덥지 못해, 손을 잡고 낱낱이 행동으로 그 길을 보여준 분들이다.

조선일보 강천석姜天錫 주필(現 논설고문)의 글 「종교가 세상을 걱정하던 시절 이야기」에 나오는 세 분이 새삼 그립다. 마천루를 닮아가는 교회당의 위용을 보며 새삼 종교를 걱정하는 신자들의 눈에는, 그분들의 생전 모습이 어른거리기 때문이다.

'고아의 아버지, 사랑과 섬김의 목자, 이웃을 사랑한 작은 예수'로 일컬어진 한경직韓景職 목사(1902-2000)는 평생 청빈한 삶을 살았다. 영락교회를 세우고 여러 학교와 사회단체를 이끌었지만, 돌아가실 때는 집도 통장도 없이 몸 하나 겨우 건사할 생필품만 남았다. 외아들은 대물림은커녕 쫓다시피 외국으로 보냈고, 실향민 생각에 고향땅도 마다했다.

'신의 심부름꾼, 사랑의 바보'라며 자신을 한없이 낮춘 김수환金壽煥 추기경(1922~2009)은 세계 최연소, 한국 최초로 추기경이 된 분이다. 7, 80년대 한국의 정치, 사회적인 격동기 때 신자와 국민을 위한 따뜻한 가슴과 눈물로 늘 옳은 일에 앞장섰고, 바른 길을 걸었다. 떠날 때는 자신의 각막까지 다 주고, 남은 것은 신부복과 묵주뿐이었다.

10년 장좌불와長坐不臥를 실천한 선종禪宗의 고승, 성철 스님(1912~1993)은 엄격한 수행으로 이름난 분이다. 깨침이 있어도 계속 닦지 않으면 흐트러지는 법이라 돈오점수頓悟漸修가 인간적인데, 이 분은 한번 깨치면 더 닦을 필요가 없다는 돈오돈수頓悟頓修를 주장한다. 그만큼 고행을 일상의 생활로 삼는 두타행頭陀行이 몸에 배어 있었기 때문이다.

'한국의 슈바이처, 이 땅의 작은 예수, 소외된 이웃들의 벗'으로 알려졌던 장기려張起呂 박사(1911~1995)는, 퇴임 후 집 한 채 없이 옥탑 방에서 생을 마쳤다. 이산가족이 된 45년 간 혼자 살면서도, 방북 권유는 물론 상봉 행사마저 다른 이산가족을 생각해 사양했다. 숱한 상을 받았고, 말년엔 중병으로 불편한 거동임에도 불구하고 매일 영세민 진료 봉사를 하신 분이다. 그의 비문에는 '주님을 섬기다 간 사람'이라고 적혀 있다고 한다.

네 분 외에도 「님의 침묵」으로 유명한 승려 시인이요 독립운동가인 한용운韓龍雲 선생(1879~1944), 동방의 성인으로 불리던 다석 류영모 선생, "하나님 중심의 신앙으로 돌아오라"고 외치던 김교신金敎臣 선생(1901~1945) 등, 믿고 기댈 언덕이 많다.

하나 같이 자신이 믿는 종교를 열심히 펴면서도 다른 종교를 폄하하지 않는다. 역할 모델로 삼기엔 너무 거룩해, 힘에 부치면 '탐나고 성나거나 어리석음이 요동칠 때' 나를 다스리는 회초리로 삼아보자.

일약 스타가 되자 다 버리고 출가할 때의 굶주림을 찾아 이국땅으로 홀연히 사라진 현각玄覺에게서 "춥고 배고플 때 도심道心이 생긴다"던 서산대사(1520~1604)의 모습을 본다. "지극히 높은 데 계신 하느님 아버지께로 가자는 것이 예수와 석가의 인생관이라 생각한다"던 다석 선생의 말씀이 되살아난다. 부디 거룩한 말씀이 나의 행동의 본이 되고 나의 삶의 규범이 되기를, 오늘도 '가나안'신자는 집에서 온 몸으로 기도하며 절에 갈 날을 기다리고 있다.

5. 소선小善은 대악大惡과 닮아 있고

작은 선을 베푸는 일이 전체나 장기적으로는 독이 될 수 있다. 바늘 도둑일 때 바로 잡지 않고 그냥 웃고 넘기면, 소도둑으로 키우는 큰 죄를 짓는다. 그리고 쓰리거나 비정한 일이, 모두를 아우르는 솔개의 눈이나 긴 안목으로 보면 잘된 일이 될 수도 있다.

"대선大善은 비정非情과 닮았다"는 말이다. 많이 들어 잘 알고 있지만, 말하는 시제나 말하는 이의 무게에 따라 뜻이 달라진다. 2010년 8천억 엔의 빚더미로 법정 관리에 들어갔던 JAL은, 1년 만에 구조 조정을 끝낸다.

2011년부터 매년 2조 원대의 영업 흑자를 내며 회생 확률 8%의 관문을 뚫고, 증시 재상장이란 기록을 세웠다. 물론 비슷한 입장의 법정 관리 업체나 경쟁사는 특혜 시비를 벌이고, 정부의 비호를 문제 삼고 있다.

하지만 모두를 놀라게 한 일임에는 틀림이 없다. 2013년, 1천155일 간의 투쟁을 마무리하고 물러난 1932년생 이나모리 가즈오稲盛和夫의 뒤를 이어 회장에 오른 오니시 마사루大西賢가, 대수술 당시 이나

모리 회장이 자주 하던 말이라며 "소선은 대악과 닮았고, 대선은 비정과 닮았다"고 전한다.

이나모리는 마쓰시다 고노스케松下幸之助, 혼다 소이치로本田宗一朗와 함께 일본의 3대 기업가요, 살아 있는 경영의 신으로 불리는 인물이다. 자서전, 전기, 자전적 소설 등 여러 책에서 그의 이야기는 상식이 될 정도로 넘쳐나고 있지만, 그의 일생이 매우 교훈적이라는 점에서 새삼 공감을 준다.

그의 존재가 주는 메시지는 세 마디로 요약이 된다.

첫째, 평범해서 비범하다. 가난한 집안의 4남3녀 중 차남으로 중학 입시에서 두 번 낙방하고 대학 입시에도 실패, 결핵을 앓으며 겨우 지방에 있는 가고시마鹿児島대학을 마친 엔지니어 출신이다. 간신히 교수의 추천을 받아 다섯이 전부인 작은 회사에 취직을 했으나 혼자만 남았다. 열심히 회사를 키웠지만 결국 인정을 못 받고, 빚을 얻어 창업에 뛰어든다. 불운을 기회로 받아들인 것이다.

"불운은 전생의 빚을 갚고 업을 소멸하는 일이니 얼마나 즐거운가?"

둘째, 기본에 충실하고 정도正道 경영을 지향하는 점이다. 사장의 도리를 "한 집안의 가장처럼 직원을 먹여 살리는 일"이라고 정의한다. 그리고 모든 일과 사리 판단의 기준은 여염집 가정교육에서 배운 대로다.

정의, 공정, 용기, 성의, 겸손, 애정 등 가정에서 매일 배우고 가르치는 일을 하나씩 실천에 옮겼을 뿐이다. 사장이 롤 모델이 되고, 직원은 그냥 따라하면 일이 얼마나 쉽게 풀릴까?

셋째, 불타는 투혼 또는 열정으로 최선을 다하는 점이다. 이 점은 모두 다 알고 있지만, 너무 쉬워서 도리어 어려워지는 대목이다. 열정PASSION이란 단어를 풀어 "우리는 누구를 위해 왜 일하며, 우리는 어떤 태도와 자세를 가져야 하는지"설명한다.

고객의 이익(P: Profit) 곧 고객 만족을 위해 불타는 야망(A: Ambition)을 갖돼, 불타지 않는 아집과 교만은 배척한다. 상호 이익을 위한 진실함(S: Sincerity)과 용기(S: Strong)로 혁신(I: Innovation)을 습관화하고, 낙관적인 자세(O: Optimism)로 끈질기게(N: Never give up) 밀고 나간다.

그러면 '성과(성공)=재능(능력)×사고방식(태도)×열정(노력)'이라는 공식이 하나 만들어진다. 성과나 성공이란 단순한 영업 이익을 넘어 사회와 공익에 기여하는 이타심의 발로요, 사회적 호응과 공감이다. 재능은 남의 기술, 상품, 수요, 시장을 모방하지 않고 자신만의 독창성을 창출하는 것이다.

사고방식은 긍정과 낙관에 기초하여 뿌린 대로 거둔다는 인과응보因果應報의 법칙, 곧 업業, Karma의 정신을 말한다. 열정은 혼신의 힘을 다하는 장인 정신이다. 이를 카르마 경영이라고 이름 짓고 시종 일관한다.

나아가 잃어버린 일본경제의 수렁에서도 살아남은 이른바 '교토京

^都 기업'처럼, 자신의 것에 대한 프라이드와 윤리에 기초한 정도_{正道} 경영, 철저한 이타심에 불탄다. 그래서 '교토 경영'이란 이름이 붙었다.

이 모든 것은 경쟁을 통한 영업 이익, 달리 말하면 경영의 원점이 되는 이익의 확보에 있다. 이를 위해 1966년부터 시간당 채산제와, 자신이 창업한 기업 교세라_{京セラ}의 상징인 아메바 경영을 시작한다. 아메바는 세분화된 작은 집단으로, 교세라 내부에 3천여 개가 활동하고 있다.

스스로 성과관리를 수행하고 책임을 지는 원가 중심, 책임 중심이다. 각 책임 단위의 리더는 『교세라 수첩』과 『교세라 회계학』이라는 두 개의 수첩을 사용한다. 매월 성과를 평가하여 이익을 못낸 리더는 도태되고, 새로운 아메바가 탄생하는 세밀 경영으로 구체화된다. 아메바의 리더라면 당연히 원가 정보에 밝을 수밖에 없다.

그러나 경영의 본질은 결국 선택의 과정이다. 선택의 순간마다 우리는 왜 일하는가, 세상을 위해, 사람을 위해 우리는 무엇을 하고 있는가, 동기가 선한가, 사심은 없는가, 스스로 묻는다. 자칫 잘난 사람의 말장난이거나 허튼 수작으로 비아냥거림을 불러올 위험을 무릅쓴다. 솔선수범으로 위기를 기회로 바꾸고, 공감을 이끌어낸다.

사회적 감동을 이끄는 일 가운데 백미_{白眉}는 자신의 이름에서 따온 세이와주쿠_{盛和塾} 경영 아카데미를 개설한 일이다. 무료로 꿈을 지닌 현역들에게 이나모리 자신이 직접 나서 경영 노하우를 전수한다. 이나모리즘으로 알려진 그의 철학은, 60여개 이상의 지부로 번져가고 있다.

1979년 마쓰시타 고노스케가 사재私財 79억 엔으로 시작한 마쓰시타 정경숙松下政經塾이 바른 정치를 지향하는 정치가의 산실이라면, 세이와주쿠는 옳은 길을 걷고자 하는 경영자들이 서로 배우고 스스로 길을 찾는 곳이다. 진정 나를 위하는 사람은 필연적으로 이타심에 불타고, 큰소리 내지 않고 몸소 애국하는 사람임을 보여준다.

"사람은 왜 사는가?"

이나모리는 미소로 그 답을 주고 있다. JAL의 회생처럼 아무리 옳은 일이고 바른 길이라도, 망하지 않고 죽기 전에 알아차리기는 어렵고 힘들다.

그래서 노자老子는 『도덕경』(42장)에서 "사물은 나무의 가지치기처럼 덜어내면 결과적으로 덕이 되고, 이익 되는 것이 도리어 손해를 입힌다故物或損之益或益之損"고 했다. 이것이 세상의 이치라고 말한다.

사심 없이 작은 목소리로 실천에 옮기며, 명예마저 팽개치는 순수함이 대중의 신뢰를 얻었기에 가능한 일이다. 그래서 아무나 못한다. 가정교육에도 같은 논리가 통한다. 지나치게 사랑하면 아이를 버리고, 때때로 엄히 가르쳐 고통을 알 수 있게 하는 것이 도리어 내 자식의 장래를 도모하는 일이다. 그래야 감사함을 배우게 된다.

그리하여 유태인들은 아이가 넘어져도 일으켜 주지 않는다. "세상만사 인위적으로 하지 말라"는 노자의 무위지도無爲之道가 여기에 있다. 하지만 남의 잘못이나 그릇됨을 보았을 때 어떻게 행동해야 할지, 우리는 늘 경계에 선다. 선심은 있는데 과연 나는 선한 일을 하고 있는가?

나는 과연 내 가족과 내 이웃과 이 사회나 나라에 떳떳한 사람인가? 신이 있다면 나를 살릴만한 가치가 있다고 생각해줄까? 거울을 보고 또는 저절로 울리는 양심에 "나는 무엇 때문에 사는가?"스스로 물어볼 일이다.

6. 관계의 역설

인간 누구에게나 자신만의 고유 공간이 있다. 이른바 '프라이버시 공간privacy space'이다. 인간의 원기가 진동하면 자력磁力이 되고, 그 자력이 미치는 공간이라고 해서 '자장磁場'이라고도 한다. 다른 사람이 이 공간에 접근하게 되면 경계, 방어, 또는 공격적인 대응을 불러 일으키게 하는 두 줄의 황색 선으로 둘러싸인 접근 금지 구역이다.

그러므로 집단의 생활에는 적절한 거리를 유지해야 한다. 인간 사이의 간격에 따라 인간 관계의 깊이와 폭이 달라지기 때문이다. 부자나 모자 간, 부부 간, 형제 간, 친구나 사제 간 등 여러 가지의 인간 관계가 있다. 특히 다른 나라의 문화를 이해하는데 있어서, 비非음성적인 커뮤니케이션 메시지로서 공간은 중요한 의미를 지닌다. 그래서 공간의 언어 Language of Space라고 한다.

일반적으로 서양인들은 개인 공간에 큰 의미를 두지 않는다. 쉽게 다가가고 쉽게 물러날 수가 있다. 친구 사이의 우정도, 연인 간의 사랑도 빨리 뜨거워지고 빨리 식는다. 그래서 "눈에서 멀어지면 마음에서도 멀어진다"는 속담이 통한다.

그러나 동양인은 비언어적인 문화 요소인 전통과 관습, 태도, 사람됨과 같은 인적 특성을 선호한다. 동시에 자기를 중심으로 한 내집단內集團과 외집단外集團 간의 차별에 엄격하다. 우리 편, 우리 고향, 우리 학교가 매우 방어적이고 배타적이다.

일단 우리 편이 되면 파격적인 보호를 받는 대신 책임도 크다. 집단을 벗어나려면 의리라는 철벽을 넘을 용기가 있어야 되고, 남이 되는 불이익과 차별을 감수해야 한다.

내집단에는 인정人情 층, 동심원同心圓 층, 지면知面 층 등 세 가지가 있다. 각 층 간에도 교류 가능한 공간의 차이가 존재한다. 부자 간이나 형제 간은 분명히 인정 층이지만, 공간 접근의 간격에 따라 동심원 층, 지면 층으로 또는 외집단으로 밀려날 수도 있다.

그런가 하면 외집단에 있는 이성이 연인이나 부부 간이라는 인정 층으로 발전할 수도 있다. 우리나라에서는 집단의 동질성을 기준으로 줄線을 만들고 학연, 지연, 혈연 등의 선을 고리로 하여 자기 공간의 개방 정도를 결정한다. 처음 만나는 사람한테 제일 궁금해 하는 것이 연의 고리다. 확인이 되어야 비로소 무슨 말을 어떻게 해야 할지 계산이 나오기 때문이다.

처음 만난 사람한테 제일 먼저 묻는 게 연고를 찾는 스무고개다. 말씨를 가지고 출신 지역을 감 잡고, 나이로 재어보고, 혹 누구 아느냐, 학교는 어디냐, 대학 다닌 연도를 따지거나 군대 시절 이야기까지 줄을 대본다. 드디어 끈이 나오면 다음은 줄줄이 이어진다.

고리를 못 찾으면 절로 말문이 닫힌다. 때로는 집단 이기주의라는 사회 문제를 낳기도 하지만, 우리를 한 민족으로 묶어준 공감대 또한 선이고 연이다. 숙명처럼 소중한 울타리지만 함부로 버릴 수 없는 질곡이 되기도 한다.

처절한 가난 때문에, 또는 학업이나 산업화 과정에서 고향을 등졌거나 잃었다. 뿔뿔이 흩어져 살 수밖에 없었던 삶이 이 나라 대부분 백성들의 운명이었다. 외적에 대항해 타향살이 낯선 땅에서 잘 지켜지지도 않는 자기 공간을 고집하다 보니, 동물적인 방어 본능이 날카로운 가시를 돋게 된 것이다. 자신은 몰랐지만 어느새 한 마리의 외로운 고슴도치가 되어 있었다.

가슴에 묻어둔 고향은 노상 외로울 때 술안주다. 그리고 한을 함께 씹던 형제와 옛 친구는 시시때때로 그리움이다. 하지만 고슴도치들은 끌어안는 순간 서로의 가시에 찔려 생채기만 남긴다. 아픔을 안고 물러날 수밖에 없다. 고향 방문 길이 그렇고, 동창회가 그렇다.

쇼펜하우어는 '고슴도치 역설'이라 했고, 미국의 정신 의학자 베락크는 '고슴도치 딜레마'라 불렀다. 그래서 우리는 그동안 우리 사이의 벽을 허물고 하나가 되고자 그렇게 울부짖고 투쟁했는지 모른다. 타산적이고 대치적인 관계는 결국 가시 철망에 갇힌 고슴도치의 슬픈 이야기다.

지척 간에 있으면서도 천리마냥 멀리 느껴지는 관계가 있다. 창가의 아버지와 골방에 들어앉은 아들, 부자 간이다. 멀리 떨어져 있어야 그립고, 돌아가신 뒤에 더 보고 싶은 존재가 아버지이기 때문이다.

그래서 다시 부자유친父子有親의 그 친親자를 들먹이게 된다. 친親자는 나무 위에 올라가서 "언제 오려나?"조바심으로 바라보는 그 아버지를 닮았다. 바로 그리움이다. 고슴도치 부자는 가까이 갈 수가 없다. 그냥 멀리서 바라보고 그리워하는 것이 전부다. 서러운가? 그것이 운명인 것을 어쩌랴! 바로 그 아버지는 시인들에 의해 이렇게 그려진다.

"도시 인근 야산의 고사목枯死木이다. 봄이 오지 않으면 나를 베어 화톳불을 지펴서 몸을 녹여라…. 아버지는 약속할 수 없는 약속이다."(「아버지들」, 정호승 시인)

"아버지의 등에서는 늘 땀 냄새가 났다…. 이제야 알았다. 힘들고 슬픈 일이 있어도 아버지는 속으로 운다는 것을. 그 울음이 아버지 등의 땀인 것을. 땀 냄새가 속울음인 것을…."(「아버지의 등」, 하청호 시인)

"부끄러워서 차마 자식에게도 보여줄 수 없었던 등, 등짝에 낙인처럼 찍혀 지워지지 않는 지게 자국…. 의식을 잃고 쓰러져 병원에

실려와…. 비로소 자식의 소원 하나를 들어준 아버지….”(『아버지의 등을 밀며』, 손택수 시인)

하지만 벽은 허무는 것이 아니다. 작지만 예쁜 창을 내는 것이다. “창으로 해서 벽은 더욱 신비해지고 벽은 창으로 해서 더욱 빛이….”(『창문』, 박공수 시인) 나는 것이다. 그래서 영국에서는 “예의를 지켜라”는 말을 “Keep your distance”라고 한다. 적당한 거리를 유지하는 것이 예의다.

이를 위해서 신중함과 오랜 세월의 숙성이 필요하다. 경우에 따라서는 다소 춥고 외롭더라도 멀리 떨어져 혼자 사는 것도 더불어 사는 데 도움이 된다. 그리움을 배우기 때문이다. 그러다가 그 공간의 질을 높이고 그 간격을 좁히려면, 용서라는 도구가 큰 도움을 준다. 용서는 방법상의 문제다. 또한 기술이라 배우기만 하면 누구든지 사용할 수가 있다.

용서는 나를 위한 것이다. 미운 사람이 내 마음을 지배하고 있으면 내가 괴롭고 힘들기 때문이다. 틀렸다고 생각하는 탓에 미워진 경우가 많다. 생각은 사람마다 달라 그렇게 생각하면 그런 행동을 할 수가 있다. 미운 사람을 ‘생각이 다른 사람’으로 바꾸어 본다. 다른 것은 틀린 것이 아니다.

“아, 생각이 다르구나. 관점이 다르니 그런 말도 할 수 있고, 그런 행동도 할 수 있겠네. 하지만 나하고는 맞지 않을 뿐이야.”

그리고 상대를 비판하는 그 잣대로 자신을 재어본다. 상대에 대한 기대를 낮춰본다. 누구든지 인간이기에 과오를 범할 수 있다. 오히려 그 잘못이란 너무도 인간적이지 않는가?

"인간은 실수를 할 수 있고, 잘못을 저지를 수도 있는 거야"

그렇다. 남에게 관대하고 자신에게 엄격한 기준을 "잘못은 내 탓이고 잘 된 건 네 덕이다"라고 하던가?

특히 가장 가까운 거리에 있는 부부가 마음에서 제일 멀리 있는 경우가 많다. 적당한 거리 유지 위반이고, 서로를 잘 모르기 때문이다. 등잔 밑은 어둡다. 밝게 하는 방법은 지극히 간단하다. 서로를 적극적으로 알리면 된다. 일 년에 한 번이라도 '내가 아는 나, 내가 아는

당신'이라는 리스트를 정성껏 준비한다. 일종의 커밍아웃이다.

결혼기념일 전날 밤 포도주 한 잔 놓고, 이럴 때 촛불을 켜는 거지. "내가 알고 있는 당신의 장점과 단점"을 서로 교환한다. "내가 알고 있는 나와 배우자가 알고 있는 나"와는 큰 차이가 난다. 나는 알지만 당신이 모르는 감춰진 나 Hidden Area와, 당신은 알고 있는데 정작 당사자인 나는 모르는 깨닫지 못한 내 Blind Area가 있는 까닭이다.

"내가 가장 싫어하는 당신의 언행, 이런 말과 행동은 삼가 주세요."

"내가 바라는 당신의 태도와 말, 이렇게 해주시면 얼마나 예쁠까?"

물론 여기에도 상처 주지 않는 설득력 가득한 말, 주제 파악과 상대방의 감성 존중 등의 섬세함이 전제되어야 한다.

집안에서 하는 작은 일, 다소 성가신 일도 '기쁜 마음으로!'를 구호삼아 외치면 일은 아주 쉽게 풀린다. 나이 들며 방어 운전용으로 내가 늘 상용어로 쓰는데 매우 효과적이다. 가까운 거리에 있는 사람끼리는 다툼이 다반사다. 그래서 분쟁해결 능력과, 말하는 법인 화법話法이 매우 중요하다. 갈등 해소 방법을 구체적으로 약속해두는 것도 좋다.

그렇기에 "혼전에 미리 많이 다퉈보고 결혼하라"는 말을 한다. 서로의 해결 능력을 검정하고 방법을 터득할 수 있는 기회가 되기 때문이다. 분쟁 해결 능력은 가정을 가진 뒤에는 더욱 소중한 덕목이 된다. 갈등 해소 방법과 화법은 부부가 평생 풀어갈 숙제다. 그래서 나는 매일 이렇게 기도한다.

〔가진 것에 감사하고 어떠한 경우든 남 탓을 하지 않을 것입니다. 남의 장점을 찾아 칭찬할 것입니다. 혼자 있을 때라도 단정한 자세로 자신에 대한 예의를 지킬 것입니다. 인내심을 가지고 어떠한 경우라도 남과 비교하지 않을 것입니다. 미리 걱정하지 않을 것입니다.

매일이 새 날이고, 내일은 내일의 태양이 뜰 것이기 때문입니다. 행복은 일상의 사소한 일에서 기쁨을 발견하는 특별한 관심에 있음을 잘 알고 있습니다. 그리하여 나의 기도는 늘 '감사합니다'로 시작해서 '감사합니다'로 끝나고 있습니다. Carpe Diem, Amor Fati!(순간에 충실하고 운명을 사랑하자!), Saying 'yes' to my life!〕

7. 행복의 역설

행복은 일상에서 누리는 긍정적인 감정을 말한다. 만족과 편안함, 그로 말미암아 기쁘고 즐거운 상태가 이어지는 매우 주관적인 느낌이다. 그런데 타자의 눈에는 행복이라는 주관적인 느낌은 사라지고 행복의 조건만 보인다. 돈 있고 건강하고 화목해보이고, 좋은 일 많이 한다는 소문이 나고 오래 살면 행복한 삶이라 본다.

보이는 것은 조건뿐이니 조건만 충족되면 행복한 사람이 된다. "내가 조건은 나쁘지만 행복하게 느낀다"고 해도 "아니야, 넌 조건이 좋지 않아. 불행한 거야"하고 낙인을 찍으면 꼼짝없이 불행한 사람이 되고 만다. 주위의 시선과 관념은 문화가 되고 생태 환경이 된다. 나는 도리 없이 주위의 시선에 사로잡힌 포로다. 아이는 이러한 분위기에 익숙해진 부모로부터 조건에 관한 학습을 받고 자란다.

"앞으로 넌 무얼 해 먹고 살래? 또는 너는 어떤 사람이 되고 싶니?"

나는 실종되고 조건만 남는다. 나에겐 이미 행복 따위는 없다. 조건의 노예로 살면서 스스로도 그 조건을 신앙한다.

"누구는 어떤 대학을 들어갔다네."

"월급이 얼마래."

"어떤 짝을 만났다고 하더라."

모두 조건만 쳐다본다. 흔히 오복壽, 富, 康寧, 攸好德, 考終命을 말하다가 '돈'이나 '자리'가 오복의 안방을 차지한다. 지난날, 그리고 남과 조건을 따지고 비교한다. 아니 경쟁한다. 경쟁은 갈등으로 번진다. 계층 간, 지역 간 갈등에서 세대 간 갈등으로 전장은 넓혀지고 골은 깊어간다. 적은 바로 비교하고 경쟁해서 너를 밟고 일어서려는 바로 나 자신이다.

그런데 속내를 감추기 위한 방어 기제로 생긴 가짜 감정에 혼을 뺏긴 나머지 네 탓이라 한다. 불행을 자초하고 있는 것이다. 그럼 정작 우리가 찾아 헤매는 행복은 무엇이고 어디에 있는가?

두 가지의 접근법이 있다. 하나는 쾌락주의적 Hedonistic 접근이다.

"행복은 고통을 피하고 즐거움을 추구한 결과다."

쾌락 심리학의 기초로써 주관적 웰빙 개념이 등장하고, 쾌락주의라 부른다. 다른 하나의 견해는 아리스토텔레스적인 관점에서 행복은 인간의 잠재성을 실현하는 것이고, 자기 완성을 위한 노력이라고 본다. 행복주의적Eudaemonic인 접근이다.

그런데 경제학자들은 벤담의 쾌락주의적인 입장에 따라 행복은 개인적인 쾌락과 같은 것으로 보고, 행복의 역설을 말한다. 러닝머신Treadmill 위에서는 사람이 아무리 달려도 제자리에 머무는 것처럼 쾌락은 곧 적응해버린다. 쾌락의 트레드밀 효과 또는 이스터린 역설이라고 한다.

1974년 이스터린Richard Easterin은 부탄 같은 빈곤국의 행복 지수가 미국 등 선진국보다 높게 나타나는 점에서, 기본적인 욕구가 충족되면 소득 증가는 행복에 별로 영향을 주지 않는 다는 주장을 펼쳤다. 소득이 높아지면 인간의 기대치가 더 커지기 때문이다.

트레드밀은 만족 수준에도 작동한다. 만족 수준은 만족과 불만족의 경계를 나타내는 희망 수준에 의존하는데, 습관 효과Effect of Habit 탓에 제자리에 머물거나 기대치가 상승하면 뒷걸음질 친다.

쾌락의 트레드밀은 사회적인 비교에도 그대로 적용된다. 나의 소비는 내 주머니 사정뿐만 아니라, 내 이웃집에서 무엇을 사는지에 영향을 받기 때문이다. 로또에 당첨된 사람이나 출세의 꿈을 이룬 사람의 행복감은 겨우 3개월에 불과하다고 한다. 불행하다고 말하는 사람도 길게 잡아 3개월이면 다시 평상심을 회복한다고 한다.

그레그 이스터브룩Gregg Easterbrook은 "우리는 왜 더 잘 살게 되었는데도 행복하지 않는가?"라고 물으며, 진보의 역설 The Progress Paradox을 주장한다. 대체로 한 가구의 소득이 일정 수준을 넘어가면, 행복도는 정체되거나 더 높은 수준을 바라면서 소비 함정 Consumption Traps에 빠진다. 비록 자신이 그 사실을 자각하더라도 벗어나기가 쉽지 않다.

그래서 "편리하게 사는 슬픈 대중을 포만하지만 지루한 불행의 상태"에 머물게 하는 것이다. 창의성이나 혁신성은 쾌락과 행복의 매우 신선한 원천이 됨에도 불구하고, 편리한 것을 계속 소비하는 의존성이 생기고 또한 중독되어 간다. 포만 상태에서도 과소비의 악순환이 계속되면 '기쁨 없는 경제' 또는 '행복 없는 경제'가 될 수밖에 없다.

그런데도 소비 중독 패턴이 생기는 이유는, 너무 늦게 깨닫거나 일종의 기만 Deception 또는 착각에 이끌리고 있기 때문이다. 실제로 부자들의 일상은 고독, 불안, 불만에 가득 차있다. 부자 주변에는 온갖 유혹의 손길이 오가고 위험이 도사리고 있다. 가진 것을 지키고 뺏기지 않으려면 긴장하고 의심해야 한다.

여럿과 같이 있어도 고독하다. 처자식도 무섭고 혼자서는 더 불안하다. 한계 효용은 체감하니 더 먹어야 되고, 보이는 것은 많은데 마음껏 먹지 못하니 늘 배고프다. 부족해서 불만이다. 우울증에 걸리거나 자살을 기도하는 부자 노인들이 늘어가는 이유다.

가질 만큼 가졌는데도 행복하지 못한 것이 행복의 역설이다. 그런데 행복은 추구할수록 멀어진다. 지금과 내 수중의 것에 만족하지 못하고, 없는 것을 바라고 더 크고 높은 것을 원하기 때문이다. 그래

서 행복은 궁핍의 논리이고, 추구할수록 멀어지는 행복 추구의 역설
이 이어진다.

역설적으로 부자나 높은 자리에 있는 사람은 행복을 위한 조건을
더 많이 가졌을 거로 보는 자기 기만이나 착각이, 가난한 사람 또는
힘없는 사람의 동기를 유발한다. 분발을 촉진하고 온갖 간난과 어려
움을 견디게 하는 힘을 준다. 지나치게 성공 욕구를 자극해서 문제
가 되기도 한다.

아담 스미스는 『도덕 감정론Theory of Moral Sentiments』에서 "심리적으
로 부자는 가난한 사람보다 덜 소비한다"고 말한다. 눈이 배보다 더
크기 때문에, 거식증 환자처럼 부자는 늘 더 먹고 싶어도 먹지 못하는
갈등과 고통 속에서 산다. 그런 점에서 자연에는 "물질적인 수단에
는 불공평해도 행복의 분배 면에서는 공정하다"는 역설이 성립한다.

아담 스미스는 17년 뒤인 1776년 『국부론Wealth of Nations』을 쓴다. 여
기서는 행복 대신 부Wealth란 개념이 쓰인다. 부를 일구려는 욕구에는
비록 행복을 가장한 기만의 탓도 있지만, 동기를 주고 인내의 원천이
된다는 긍정적인 면이 있다. 행복을 위해 부를 추구하는 것은 기만이
지만, 대부분의 사람들이 생계를 유지하고 부를 가지면 행복해질 거
라는 꿈을 가져야 동기라는 힘이 생긴다. 그래야 경제 시스템이 제대
로 작동될 수 있는 것이다.

그러나 스미스가 말하는 행복은 나태나 사치 또는 지나친 부에서
나오는 것이 아니라, 적극적인 생활과 적당한 부에 기반을 둔 것임이

틀림없다. 하지만 누가 성공 신화에 도취되어 있는 부자나 권력자가 깨달을 수 있도록 견제하고 바른 충고를 할 수 있겠나? 견제 없는 적극성은 지나치고 난폭해진다.

또한 항상 '배고픈 부자들'은 적당한 부를 모른다. 그래서 상대 소득 가설이 통하고, 만족도 또는 행복도는 상대적이다. '만족도=물질(부)/기대 수준'에서 부나 물질의 증가 속도보다 기대 수준이 더 빨리 증가하면 만족도는 떨어진다. 내 월급이 오르면 당장은 좋은데, 다른 일을 하는 내 친구의 월급이 더 오르면 나는 불행해지고 내 직장의 만족도는 떨어진다.

행복도를 높이려면 부를 키우려는 노력보다 기대치를 낮추려는 욕구 관리가 더 중요해진다. 농경시대에선 수확이 제한적이고 나눌 인구가 많아진 탓에, 욕구 쪽에 엄격한 통제를 걸었다. 밥 한 끼에 행복하고 찬이 하나 더 늘어도 기뻐 팔짝 뛰었다. 가정 교육의 주된 내용은 근검, 절약, 사람됨을 강조한다. 작은 성과에도 만족하고 기쁨을 주기 위해 기대수준을 낮추는 행복 전략이다.

그런데 산업사회로 들면서 욕구나 기대 수준과 같은 분모 관리보다, 분자 쪽의 부나 물질의 증가에 집중한다. 소득이나 성장 모델에는 목표가 필수적이다. 목표를 정하자면 계량적인 수치로 나타내서 기간 별로 비교하고 상호 간에도 비교하게 된다.

소득이 늘고 성장하면 개인적으로나 사회적으로 행복한가? 이른바 행복 지수가 등장한다. 2002년 심리학자 로스웰Rothwell과 카운슬러 코언Cohen이 공식을 하나 만들었다. '행복 지수=P+(5×E)+(3×H)' 에서 P personal는 개인적인 특성으로 외향성, 유연성, 탄력성 및 감정 통제력 등이고, E Existence는 건강, 돈, 안전, 자유 등 생존 조건을 말한다. 그리고 H Higher Order는 기대, 열망, 자존심 등 고차원의 상태를 나타낸다.

모두 100점을 만점으로 한다. 개인적 특성에 질문 둘×각 10점 =20점, 생존조건 점수 10×5=50점, 고차원의 상태를 말해주는 점수 10×3=30점이 된다. 그러나 주관적 웰빙의 수준 변화 가운데 80%는 타고난 개인적 기질 때문이라고 주장하는 세트 포인트Set-point이론에 비추어 보면, 개인적 특성을 과소평가한 점에서 논란의 여지가 크다.

행복지수를 국가 별로 비교하기 위해 만든 것이 '국민 총織행복 지수' Goss National Happiness, GNH다. GNH를 제일 먼저 만든 나라는 아이로니컬하게도 인구 70만에 국민소득이 2천 달러에도 못 미치는 산악국가 부탄이다. 1970년대 4대 왕위에 오른 스물이 채 안된 청년 왕이 "경제적으로는 못 살지만 무척 행복한 나라"란 점을 강조하면서 한 말이다. 실제로 그 나라 국민들 97%는 자신들이 세계에서 가장 행복한 나라에서 사는 걸로 알고 있다고 한다.

지금은 UN에서 이 개념을 구체화해서 매년 세계 행복 보고서를 발표한다. 우리나라는 2012~2014년 대상 국가 158개국 중 47번째 인데, 갤럽이 세계 행복의 날을 기념하여 143개국을 대상으로 행복 수준을 가늠할 수 있는 긍정 경험 지수Positive Experience Index로 평가한 걸로는 118위다.

세계 행복 보고서 상의 지표는 1인당 GDP, 사회보장 인식, 관용, 부패, 선택의 자유 등 객관적인 지표로 평가한 것이고, 갤럽의 조사는 웃음, 존중, 휴식, 재미와 즐거움 등 주관적인 지표로 평가했기 때문이다.

한편 최고로 행복한 나라로 알려진 부탄도 행복 보고서엔 79위이고, 갤럽식의 긍정 경험 지수로는 82위다. 이처럼 지수는 어떤 항목을 편입하느냐에 따라 그 결과는 판이하게 다르게 나올 수 있다.

하지만 우리나라의 경우 행복도 또는 만족도는 객관적 지표에 비해 매우 낮다. 물질과 부와 같은 눈에 보이는 성과가 뛰어나도 분모 관리에 소홀해서 기대치나 욕구가 더 빨리 증가하도록 방치하면, 주관적인 지표는 낮을 수밖에 없다. 앞에서 말한 행복과 진보의 역설에도 불구하고 소득의 증가가 행복에 기여한다는 연구도 있다.

이 지표를 통해 얻을 수 있는 교훈은 두 가지다. 그동안 우리가 성장 모델에 집중한 나머지 기대치나 욕구 관리를 망각한 점이 하나이고, 동시에 우리나라 사람들의 기대 수준이나 욕구가 매우 높아 어지간한 성취에는 만족하지 못한다는 의미가 또 다른 하나이다. 욕구의 과잉 상태를 탐욕이라고 한다. 탐욕은 눈을 멀게 하고 귀를 막는다. 청년은 물론 아이들의 정신 건강도 OECD 최하위라니 위험수준을 넘어섰다.

카지노 자본주의가 만든 한탕 의식과 피로 사회를 가져온 주범은

'너 탓'으로 우겨온 허욕이다. 3만 달러를 넘기면 어차피 성장은 한계에 이른다. 걸신들린 욕구를 보람과 사명이라는 동기 본연의 자리로 눈을 돌려야 한다. 그래서 『꾸뻬 씨의 행복여행』(오래된미래, 2004)에서 귀띔을 얻고 다시 처음부터 생각해보기로 한다.

파리의 중심가에서 개업하고 있는 정신과 의사 꾸뻬 씨, 그의 진료실은 늘 환자로 넘쳐나고 의사로서 매우 성공적인 일상이었지만, 어느 날 자신의 생활에 회의를 느낀다. 마음의 병을 안고 오는 사람에게는 어떤 처방과 심리 치료도 행복을 찾아줄 수 없다는 결론에 더욱 무력해진다.

드디어 행복을 찾아 여행에 나선다. 이곳저곳에서 여러 사람을 만난다. 그는 모두 23개 항으로 요약한 메모지를 들고 다시 제 자리로 돌아왔다. 하지만 전과는 달라진 것이 하나 있다. 같은 이야기라도 그가 만났던 실화 속의 주인공을 떠올리면서 말하니 훨씬 자신감이 생겼다.

무엇보다 여행에서 배운 것들을 하나씩 나누어주는 일이 즐겁고 보람이 있었다. 나누는 것이 곧 행복임을 안 것이다. 어쩌면 우리가 다 잘 알고 있는 내용이지만, 무릎을 치며 자기의 것으로 알게 된 점이 다를 뿐이다.

다음은 꾸뻬의 행복 목록이다.

〔행복은 비교하지 않고 경쟁하지 않는 것이며, 목표 또한 아니다. 있

는 그대로의 모습을 사랑하는 것이고, 살아있음을 느끼고 감사하는 것이다. 좋은 통치자를 둔 나라에서, 호젓한 산속을 거닐 때, 좋아하는 사람과 같이 있을 때, 가족에게 부족함이 없을 때, 집과 남새밭이 있을 때, 태양과 바다를 가까이 할 때, 사랑하는 사람의 행복을 생각할 때, 다른 사람의 행복에 관심을 가질 때, 자신이 좋아하는 일을 할 때, 자신이 다른 사람들에게 도움이 된다고 느낄 때, 행복은 뜻밖의 손님처럼 찾아온다.

의외로 많은 사람들이 행복은 미래에 있고, 더 큰 부자나 높은 자리에 있는 걸로 잘못 알고 있다. 행복은 사물을 바라보는 방식에 큰 영향을 받는다. 되도록 다른 사람들의 의견을 마음에 담아두지 말고, 좋아하는 사람과 헤어지지 않도록 노력한다. 여성이 남성보다 타인의 행복에 더 많은 배려를 하더라.]

꾸뻬 씨가 내린 결론은, 행복은 다른 사람들과 함께 하는 것이며 우정, 사랑, 나눔, 타인과의 행복과 불행에 주의를 기울이고 다른 사람에게 도움이 된다고 느낄 때 홀연히 찾아온다고 느낀 점이다.

이처럼 행복은 개인적인 삶의 태도에서 오는 매우 감성적인 문제다. 그런데 이를 과학적인 방법으로 한 나라의 국민 행복으로 이끈 심리적 실험 프로젝트가 무대에 올랐다. 호주 ABC TV에서 방영된 「행복한 호주 만들기」Making Australia Happy 프로그램이다.

전국에서 가장 낮은 행복도를 기록한 매릭빌Marrickville 지역에서 다양한 배경을 가진 모두 8명의 참가자를 모집했다. 코칭 심리학자, 마음 챙김의 권위자, 행복 전문가, 전문의, 건강 프로그램 진행자 겸 물리치료사 등으로 드림팀을 만들고, 8주 동안 8단계에 걸친 실험이 방영되었다. 방송 당시 이 프로그램에 참가해 자신의 행복 지수를 진단하고 실천한 사람이 120만 명이었다고 한다.

그 결과는 놀라웠다. OECD에서 발표하는 행복 지수 3년 연속 1위라는 성과를 거둔 것이다. 변화를 이끄는 과정은 보통 5단계다. 계획 전 단계, 계획단계, 변화에 대한 몰입 준비 단계, 본격적인 몰입 단계, 마지막으로 유지 단계인데, 통상 6개월 정도 지나야 습관으로 정착된다. 단계마다 이전 단계로 퇴행하는 시행착오를 경험하기 때문에 요요현상이 생기지 않도록 각별한 주의가 필요하다.

호주 실험의 8단계를 『행복은 어디에서 오는가』Eight Steps to Happiness에서 소상하게 밝히고 있다. 모두가 잘 알고 있고 쉬우면서도 일상에서 놓치고 있는 개념에 주목한다. 구체적인 행동 키워드는 자기 추도사, 친절, 명상, 강점과 해결책, 감사 표현, 용서, 사회 연결망 참가, 평가와 재시작 등 여덟 가지다.

〔첫째 자신이 죽었을 때 사람들에게 어떻게 기억되고 싶은지, 자신의 추도사를 쓴다. 절로 삶의 목표가 정해진다. 매우 귀납적인 방법 아닌가? 어떤 모습으로 죽을지 나의 임종 모습을 그려보면, 어떻게 살아야가 나올 것이기 때문이다.

두 번째는 누구에게나 다가가고 친절하기다. 친절은 누구나 할 수 있는 가장 쉬운 일이라서 매우 어렵다. 남에게 말로는 쉽지만 내가 실천하기는 왠지 쑥스럽고 성큼 내키지 않아, 매양 다음으로 밀리는 숙제다. 그런 기분을 일단 접고, 환한 얼굴로 밝은 미소를 지으며 좋은 말로 먼저 다가간다.

돈 들지 않고 좋은 일하는 무재칠시無財七施의 핵심도 친절이다. 하루 행복의 출발도 아침 인사부터다. 긍정적인 인상도 친절 하나에서 나온다.

세 번째는 마음 챙김 Mindfulness 명상이다. 지금 이 순간에 집중하는 것이다.

"오는 것을 거절 말고 가는 것을 잡지 말며, 내 몸 대우 없음에 바라지 말고 일이 지났음에 원망하지 않는다."

부정적인 생각도 받아들이고 내면의 비판자와도 상생하되, 내 마음의 주인공은 분명 나임을 잊지 않고 챙기는 것이다. 찬찬히 내면의 자아를 만나는 시간이다.

네 번째는 자신이 가진 강점을 찾아 해결책에 집중하는 것이다. 자신의 강점을 잘 모르고 있는 경우가 대부분이다. 남의 것은 잘 보이는데 정작 자신의 참 모습은 자신의 눈에 보이지 않기 때문이다. 그런데 강점과 약점은 동전의 앞뒷면과 같다. 강점을 달리 보면 약점이 된다.

호방한 성격을 지니면 섬세한 면이 부족하고, 자상해서 인정이 많은 사람은 마음을 잘 다친다. 호방한 사람한테 섬세하지 못한 점을 고치려 들면, 오히려 호방함을 잃을 가능성이 높아지기 때문에 강점에 집중해야 된다. 이 점에 유의해서 먼저 강점부터 알아보자.

1. 지식을 습득하고 응용하는 능력으로 창의성, 호기심, 판단력과 문제 의식, 연구열, 세상을 보는 안목과 지혜 등이 있다.

2. 내부나 외부의 저항에 대응하는 의지와 정서적인 강점으로 용기, 인내심, 정직과 진실성, 삶의 열정 등이 있다.

3. 대인 관계상의 장점으로는 인연을 소중하게 여기고 정을 받아들이는 능력, 친절과 이타적인 능력, 친교 능력 등이 포함된다.

4. 사회생활에서 요구하는 정의감으로 시민의식, 책임감, 성실성 등이 포함된다.

5. 감정의 중심을 잡아주는 균형 감각으로 용서와 자비심, 겸손과 겸양, 신중함, 자제력 등이 있다.

6. 초超자아 Super Ego와 관련한 심미감, 감사함, 낙관성, 유머 감각, 영성 등이 여기에 속한다.

이상 여섯 가지 영역에서 자신의 강점을 우선 다섯 가지만 적는다. 여기서 알게 된 자신의 강점을 문제 해결을 도와주는 언어와 연결시키고, 전문가의 조언을 조합하면 해결책이 나온다.

다섯 번째는 감사를 느끼고 표현하는 것이다. 감사함을 느낄수록 친절이 는다. 더 큰 관용과 친절로 이어진다. 이와 같은 감사의 긍정적인 사회성은 사회적 진화에도 중요한 역할을 한다는 연구가 있다. 마음은 근육과 같아서 사용할수록 튼실해진다.

하루에 세 가지 감사한 일을 떠올리면, 평소에 모르고 지났던 일에 새삼 감사함을 느끼고 일상을 풍요롭게 한다고 한다. 자신이 감사함을 느끼는 것도 중요하지만, 타인의 감사 표현을 잘 받아들이는 것 또한 감사의 선순환을 돕고 자신의 행복감을 높여준다.

결점에 눈을 돌리면 결점이 더 크게 보이고, 장점을 칭찬하면 감사를 불러온다. 감사 편지 쓰기는 매우 유용한 실천 수단이다.

여섯 번째는 진심으로 용서하는 것이다. 누구에게나 마음의 상처나 깊은 원한이 있다. 혼자 있을 때는 귀신 씌인 것처럼 수시로 괴롭힌다. 용서만이 그 상처를 씻고 원귀寃鬼에서 벗어날 수가 있다.

용서는 가해자를 연민의 정으로 바라보는 것이다. 자신에게 큰 상처나 한을 남긴 사람도, 불쌍한 사람이라고 관점을 바꿀 때 비로소 용서가 시작된다. 전문 카운슬러들 사이에 REACH라는 이름의 용서 프로그램이 있다. 다섯 가지 단계로 되어있다.

R Recall: 상처를 다시 기억해낸다. E Empathize: 가해자에게 감정 이입을 한다. A Altruistic: 용서를 선물로 주는 이타심을 가동한다. C Commitment: 용서에 전념한다. H Hold: 용서 의지를 지속시키고 유지한다.

일곱 번째는 사회 연결망으로 사람들 속으로 들어가는 것이다. 행복은 전염성이 높아 행복한 사람은 연결망의 중심에 있다. 먼저 주도적으로 변화해서 상대의 관심사와 화제를 찾고 경청하면서 상대에 집중한다.

사회 연결망을 자극하는 좋은 방법은 타인의 존재를 즐기는 것이다. 좋은 사람들과 어울리며 이타심으로 공감하면, 행복 사회망으로 발전하게 된다. 자원 봉사를 해본 사람들은 '이타가 바로 자애심'이라고 증

언한다.

마지막 여덟 번째는 전 과정을 평가하고 다시 시작하는 것이다. 「행복한 호주 만들기」 프로그램 제작팀은 과정을 끝낸 참가자들에게 네 가지 질문을 던진다. 무엇을 배웠는가? 어떻게 변했는가? 더 행복했는가? 미래를 어떻게 보는가?]

글로 쓰게 되면 그간의 변화 과정을 정리할 수 있다. 초심으로 돌아가 변화의 과정을 살피면서 열정을 회복할 수 있게 된다. 어둡던 시절로 퇴행하지 않기 위해서는 습관으로 몸에 배어야 한다. 긍정적인 생활은 행복뿐만 아니라 유전자에도 영향을 준다.

스트레스의 감소는 물론, 면역력을 높이고 신진대사 지표를 개선한다. 몸과 마음은 함께 가는 것이며, 행복은 과학이라는 결론을 내리고 있다. 이제 행복의 역설에서 벗어나고자 한다.

『꾸뻬 씨의 행복여행』에서 행복은 바로 지금, 이 자리 Now & Here에 있음을 알았다. 문득 중국에서 나온 거로 알려져 있는 속담 하나가 생각난다.

[한 시간의 행복을 원하면 낮잠을 자고, 하루의 행복을 바라면 낚시를 하며, 한 주의 행복을 찾거든 여행을 하라. 결혼이 주는 행복도 고작 한 달에 불과하고, 많은 유산을 받아도 한 해를 넘기 어렵다. 그러나 남을 돕는 일은 평생의 행복은 주는 일이다.]

행복의 속성은 바라고 추구할수록 멀어지고, 나만을 위하는 이기심으로는 결코 행복해지지 않는다. 그러니 역설을 극복하는 길은 두 가지다.

첫째는 행복은 바라지 않고 추구하지도 않는 점이다. 기대치를 낮추고 내면의 자아를 찬찬히 관조하는 명상의 자리에 즐겨 앉아야 한다. 소비 함정에서 허우적대는 행동은 자신을 비하하는 일이며, 남의 눈을 의식한 과시 또한 허망한 짓임을 알아차려야 한다. 바로 보아야 한다는 말이다.

인생에는 명암이 있고 굴곡이 있다. 행운이 파멸로 가는 길일 수도 있고, 불운이 고난을 이기는 힘을 기르고 동기와 분발을 가져오는 계기를 만들기도 한다. 일희일비一喜一悲 할 일이 아니다.

둘째는 행복은 매우 이타적이라는 점이다. 「행복한 호주 만들기」 8단계 실험에서 제시한 키워드를 한 줄로 압축하면 "이타적으로 살라. 그 길이 바로 너 자신을 위하는 길이다"가 아닐까? 그러니까 행복은 추구하는 대상이 아니고, 너의 행복 속에 나의 행복이 자리함을 아는 것이다. 그래서 행복은 역설적이다.

그런데 다음 세대의 내일과 지구의 미래를 생각하니 가슴이 저려온다. 노인 인구는 팽창하고 실업률은 가파르게 증가하는데, 줄어든 일자리를 놓고 젊은이들의 좌절과 분노가 절규하는 수준을 넘어섰기 때문이다. 워낙 방대하고 복잡한 문제라 말만 무성하지만, 두 사람의 목소리가 크게 메아리치고 있다. 하나는 세계에서 가장 가난한 대통령이라던 우루과이 호세 무히카가 한 말이다.

"인간이 지구를 찾은 건 발전이 아니고 행복하기 위한 것입니다…. 선진국만큼 소비하려면 지구, 3개가 있어도 부족합니다."

누굴 위한, 무엇을 위한 성장인가를 되묻고 있다. GNP 대신 국민 총행복지수GNH를 국가의 목표로 삼을 수 없는가? 또 하나의 주장이 있다.

"저 출산 쇼크는 착각입니다. 저 출산은 재앙이 아니라 인류 도약의 길입니다."

이처럼 확신에 찬 목소리를 내는 앨런 와이즈먼Alan H. Weisman이 『인구 쇼크』에서 하는 말을 심각하게 받아들여야 한다. 1970년 노벨 평화상을 수상한 노먼 불로그Norman Borlaug는 자신이 주도한 녹색혁명도 한 세대 정도 시간을 버는 임시 방편에 불과하다고 한다.

진실로 인류가 행복을 원한다면, 방법은 여러 가지가 있지만 시간이 촉박하다는 말이다. 행복을 국가의 목표로 삼고, 지구가 감당할만한 적정 인구를 위해 과도기적 진통은 참아야 지구가 산다.

8. 작고 섬세한 것의 큰 힘, 스몰 빅 파워

불확실성이 과학적 사고 때문이라는 주장이 있다. 예를 들어 모 대학 입시에서 지원자가 많을 것이란 정보가 떴다. 합리적이라면 적게

올 것이다. 모두가 적게 올 것으로 예상하면, 다시 많이 몰릴 것이다. 한 걸음 더 나아가 모두 과학적으로 생각한다면, 어떤 일이 생길지 아무도 모르게 된다는 말이다.

그러나 실시간으로 내비게이션이 길 안내를 해도 명절의 교통 체증은 그대로다. 귀향길이나 러시아워는 비밀이 아니다. 다 알고 있으면서도 노상 고향 가는 길은 초죽음이고, 출퇴근은 고행이다. 이것을 도로 확장이나 규제를 통해 해결하려면 엄청난 사회적 투자와 비용을 지불해야 된다.

"왜 고향을 찾는가?"

"명절은 누굴 위해 있는가?"

그 당위성을 재再정의하거나, 동시 상면 일자를 앞당기거나 늦추면 간단히 풀리는 문제다. 그러면 고향은 훨씬 가까워질 것이고, 고향 길은 여유롭고 재미있을 것이다. 그리고 출근 시간을 평소보다 한 시간만 당겨 일찍 집을 나오면, 하루가 얼마나 상쾌할까?

그런데도 착오와 혼란이 거듭된다면, 인간은 과학적 사고에 서툴고 더 이상 합리적이지 않다. 이러한 인간 행동의 빈틈을 꿰뚫고 있는 학문이 있다. 행동 과학 또는 임상 심리학이다. 이 두 학문의 도움을 받아 인간의 속성을 알면, 작은 힘으로 타인을 협력자로 이끌 수 있다. 스스로는 고품위 인격을 만들고, 위기에서 기회를 찾는 전화위복도 경험할 수 있게 된다.

인간 행동의 속성은 『넛지』(Nudge, 리차드 탈러 외, 리더스북, 2009)에 따르면 세 가지다.

〔첫째는 제한적 합리성이다. 이성적인 판단을 하는 어른 자아는 어렵거나 새로운 상황, 또는 어른 역할이 필요할 때 가끔 나타난다. 보통 때는 어버이 자아나 어린이 자아 상태에 있고, 그나마 자동 시스템이 작동한다. 그리고 의사 결정에 필요한 정보, 시간, 비용은 매우 제한적이다.

대부분의 행동은 직관에 따른다. 어림짐작과 주먹구구로 인지적 착각에 빠진다. 비현실적 낙관주의에 빠지면 사업에 실패해본 사람도 도전을 빙자하여 쉽게 성공할 것처럼 믿는다. 손실 기피 심리 때문에 손해 보는 일을 두려워한다. 현실 유지 성향이 강해 도전에 약하다. 생각의 틀인 프레이밍Framing의 지배를 받아 선택한다.

둘째는 자기 통제력에 한계가 있다. 인간은 유혹에 약하다. 율리시스Ulysses는 부하들에겐 밀랍으로 귀를 막게 하고 자신을 돛대에 묶게 한다. 사이렌이 유혹하는 아름다운 음악을 죽지 않고 즐기는 방법은 돛대에 자신을 묶어야 가능하다. 하지만 실수와 건망증으로 얼룩진 존재가 인간이다.

또한 무심코 행동하고 작심삼일作心三日 하는 인간의 일상에 동의한다면, 자기 통제는 제한적이라는데 재론의 여지가 없다. 인간은 늘 계획하는 자아와 행동하는 자아 사이에서 갈등한다.

셋째는 사회적인 영향력을 받는다. 인간의 집단 속성 때문이다. 레밍 쥐처럼 무리로 다니다가 떼죽음도 불사한다. 미소나 하품이 전염되고, 함께 살면 하는 짓이나 얼굴도 닮아간다. 또래가 임신하면 우리 집 아이도 위험하다.

　학교 성적은 기숙사의 룸메이트와 관련이 있고, 비만에도 동년배의 영향이 크다. 집단 동조 현상이 있는가 하면, '누가 하겠지' 서로 미루다가 눈앞에서 일어나는 일도 모르는 다원적 무지 Pluralistic I+gnorance현상도 생긴다.]

　이와 같은 인간의 비이성적인 속성을 이해하면, 작은 일로도 큰 힘을 발휘할 수가 있다.

　좋은 예가 있다. 네덜란드 스키폴공항의 남자 화장실 소변기 중앙에 파리 한 마리가 그려져 있다. 눈앞에 목표물이 생기자 발사 정확도가 높아져 변기 밖으로 튀는 소변양이 80%나 줄었다고 한다. 우리나라에서도 유입되어 이 광경을 심심찮게 볼 수 있다.

　여기서 아이디어를 얻어 파리 스티커가 등장한다. 에어컨 필터 교환, 자동차 오일 교체, 정수기 필터 교환 시점을 알리는 경고등, 손톱 물어뜯는 버릇을 고치기 위한 쓴맛 나는 매니큐어 등 이미 상품화된 아이디어들이 많다.

　간단한 아이디어로 고귀한 분위기를 만든 불고기 식당이 있다. 음식 맛이나 서비스도 괜찮지만, 특이한 점이 있다. 화려한 와인 진열대 옆에 보이는 가격이 눈길을 끈다. 매우 착한 값이다. 몇이 모이면 으레 한 병은 곁들인다.

잠깐 들리는 화장실이 매우 인상적이다. 정갈한 화장대 같다. 머리를 들면 작은 액자에 시 한 편이 보인다.

「○○○역에는 어머님의 기다림이 있다.」

그 식당의 유래와 정서를 짐작하게 하는 사연이다. 전설 속 미녀의 입술처럼 도톰하고 새빨간 튤립 하나가, 허리가 잘록한 호리병과 잘 어울린다. 불고기는 와인의 격만큼 높아지고, 시와 꽃이 어우러진 화장실은 와인의 품격을 지켜준다. 누구나 따라할 수 있지만, 안목과 정성이 없으면 오래가지 못할 일이다.

이처럼 인간의 속성을 알아차리고 응용하면, 자연스레 선택을 유도하는 선택 설계자가 될 수 있다. 그리고 개인이나 집단 또는 사회를 무리하지 않고 부드럽게 바람직한 방향으로 이끌 수 있다. 『설득의 심리학3』(로버트 치알디니 외, 21세기북스, 2015)에서는 52개 항목에서 스몰 빅의 위력을 검증한 결과를 내놓고 있다. 이를 뒷받침하듯 톰 피터스도 『리틀 빅 싱 The Little Big Thing』에서 41개 영역, 163개의 팁으로 사소함이 만드는 위대한 성공법칙을 소개하고 있다.

이 두 저작도 사실은 리처드 탈러와 캐스 선스타인의 공저 『넛지』의 영향을 많이 받았을 것이다. 이 책은 부제에서 말하듯이, 넛지를 쓰면 '건강과 부, 그리고 행복에 관해 합리적인 결정을 하도록' 부드러운 개입을 할 수 있다고 주장한다.

더욱이 머리를 짜내서 일을 하던 시대가 지나고 있다. 마음을 다치고 강행한 것은 곧 저항을 만나고, 하향식 명령은 더 이상 통하지 않는다. 지금은 마음을 얻어야 제대로 된 일을 할 수 있다. 넛지는 마음을 얻는데 주목하는 하트 스토밍 Heart Storming에 잘 맞는다. 넛지는 작은 일과 섬세함으로 큰 성과를 거두는 점에서 스몰 빅 파워를 갖는다.

넛지는 지렛대에 비유할 수 있다. 지레가 큰 힘을 발휘하는 것은, 작고 섬세한 그 무엇인 스몰 빅 때문이다. 위에서 소개한 저서 가운데 자아와 인격, 그리고 실수와 실패에서 기회를 찾는 방법이 있다. 천재가 하는 일을 범부도 따라갈 수는 있다. 그 천재가 하는 방법을 빌리면 된다. '벤치마킹 Benchmarking' 또는 '바로잉 Borrowing' 기법이다.

톰 피터스는 말한다. "자기 개발의 출발은 '나 먼저'라는 세 마디"라고. 나 먼저 배우고, 나 먼저 변하고, 나 먼저 행동하는 것이다. 다음에 이렇게 이어진다.

〔자신을 즐겁게 하라. 육체적인 운동은 물론 정신 운동도 중요하다. 감동적인 스토리의 주인공이 되어야 한다. 시대적 요청이다. 새 세상의 지배자는 새로움을 창조하는 사람, 감성을 연출할 줄 아는 사람, 패턴 인식에 뛰어난 사람, 의미를 만드는 사람이 주인공이 될 것이기 때문이다.

그리고 자신이 설 자신만의 독특한 포지션을 만들어야 한다. 유능한 인재가 넘쳐나니까. 이것이 힘들다면 '미소, 감사, 열정'이 세 마당에 집중하면 나만의 세계를 세울 수가 있다. 특히 열정은 사람의 마음을 얻고 자신만의 행동 규범에 철저하며, 결정적인 순간 또는 진실의 순간MOT

을 찾아내는 기본이다.〕

다음은 인격 문제다. 인격은 다른 사람과 차별화되는 그 사람만의 독특한 성격 또는 개성이다. 개성은 상황별 행동 습관을 말하므로, 개성을 알면 그 사람의 행동을 예측할 수 있다. 톰 피터스는 이렇게 말한다.

〔삶에서 가장 중요한 것이 친절이다. 병원에서도 환자 중심의 친절한 곳이 최고의 성적을 낸다. 둘째, 정중함Civility이다. 상대방에 대한 존경심을 담아 행동하고 귀 기울여 듣고, 몸가짐을 반듯하게 하고, 악담과 험담은 금기시 하며, 양심이 늘 자신을 지켜보게 한다. 셋째, 품위 있는 행동이다. 절박한 상황이라도 침착과 품위를 잃지 말아야 한다. 넷째, 자신을 위대한 존재로 만드는 것이다. 위대한 인물이란 돈이나 명예, 그리고 권력을 쥔 사람이 아니다. 친절하고 정중한 행동을 하며 선의로 남을 대하며 헌신할 줄 아는 양심이 살아있는 사람이다. 스스로 만드는 위대함이란 자신에게도 최고의 예의를 다하는 사람이다.〕

같은 말이 네 번 반복된다. 친절하고, 정중하며, 품위 있게 행동하고, 따뜻한 마음을 가진 사람이 바로 위대한 사람이라는 말이다.

다음은 급변하는 시대에 당면한 전화위복轉禍爲福의 문제다. 위기를 넘어 어떻게 기회로 만들까? 기업의 수명은 점점 짧아지고 전문가의 위상도 임시직처럼 쉽게 흔들린다. 공부 잘해 전문가가 되거나 큰 기업에 들어가면 쉽게 안정되던 시절도 옛말이다. 오직 믿을 곳은 나 하나밖에 없다.

좀 나은 사람이 되자면 위험을 감수하고 변화를 받아들여야 한다. 당연히 실패가 따르고 실수를 하게 된다. 통과의례通過儀禮다. 보통 사람은 성공의 비결을 찾아 모방하면 된다. 성공하는 사람의 습관이나 위대한 기업, 초우량 기업, 성공하는 기업의 습관과 같은 성공 요인과 성공 사례를 본받는다.

그러나 『설득의 심리학3』에서는 역발상을 제안한다. '자신만의 어리석음과 타인의 실수와 실패를 정리한 파일'을 만들고 참고하라고 한다. 그 쓸모는 첫째로 꼭 필요한 지식의 부족, 능력 과신, 순진한 기대 등 단 한 가지라도 모든 걸 무너뜨릴 수 있는데 그 위험을 피하고, 둘째는 부정적인 정보가 더 교훈적이며, 셋째는 실수에 대한 변명이나 남의 탓으로 돌리는 바람에 교훈은커녕 화근을 제공할 우려 등을 예방하기 때문이다.

다음은 실수의 관리 문제다. 교육적으로는 실수와 오류를 실제 겪어보고, 실수했을 때 어떻게 대응해야 할지를 준비해두어야 한다. 심리적으로 '실수나 실패는 더 잘 하고 성공하기 위한 기회'라는 다짐이 필요하다. 물론 예상되는 위기에는 상황별 행동 요령 같은 매뉴얼이 있다.

하지만 정작 실수나 사고가 생겨도 더 좋은 기회를 만들 수 있다.

무결점 서비스보다, 실수나 결점이 들어났을 때 취하는 즉각적인 후속 조치가 더 감동적이다. 호텔 고객의 요구에 없는 바둑판을 구해 오고, 미처 챙기지 못한 테니스 라켓도 즉시 사오는 성의를 현장에서 목격하면, 절로 감격한다.

그 여운은 오래 남고 구전□傳 효과까지 거둘 수가 있다. 사전 예방도 중요하지만, 사후 관리를 잘하면 오히려 무게감 있는 감동을 연출할 수 있기 때문이다.

위의 '자아, 인격, 위기에서 기회'라는 세 가지 주제에서 미소와 친절, 겸손, 열정과 끈기가 얼마나 중요한 덕목이 되는지 보았다. 자기 관리나 가정 교육이 왜 기본이 되고 뿌리가 되는지 잘 설명해 준다. 위대한 사람이란 기본이 되어있고 혼자 있을 때라도 삼가는 사람이다.

가난하고 볼품없고 힘없는 사람이 부자가 되고 이름을 얻고 힘을 가지는 길은, 작고 섬세한 것에서 비롯한다. 미소, 친절, 겸손, 열정과 끈기는 몇 번을 다시 말해도 하나의 말이다. 기본이라는 작고 섬세한 것에 충실하면 이 세상에 이루지 못할 게 없다. 그래서 "너 자신을 알고 가진 것에 감사하라"고 가르치는 것이다.

그러나 처음부터 목표를 거창하게 잡으면 과부하가 걸린다. 아무리 높은 산도 한 걸음만 생각하면 쉬운데, 꼭대기를 먼저 보면 힘이 부치기 마련이다. 아예 노력할 생각을 않게 되는 것이다.

미소와 친절이 몸에 배고 겸손이 습관이 된다. 한 번 한 일은 끝장을 보는 끈질김과, 일에 대한 열정이 있는 그런 사람이 위대한 사람이다. 이처럼 말을 조금 바꾸거나 옆구리만 툭 쳐주어도 큰일을 할 수 있다. 답답한 우리 정치나 행정에도 같은 이치가 통할 것이다. 작은 것에 큰 힘이 있고 섬세함 속에 큰 그림이 숨어있기 때문이다. 이 또한 역설의 힘이다.

9. 배우지 않고 배우고

교단을 떠난 지도 순년旬年이 가까워 오지만, 인사를 겸해 옛날 선생을 찾아오는 제자들이 더러 있다. 예의 이러쿵저러쿵 경험을 빙자한 팁Tip이 따른다. '가르치지 않고 가르치는 것이 바른 가르침'인데, 말만 앞세우고 있는 건 아닌지 자주 나를 돌아보게 된다.

언감생심, 발끝에도 미치지 못하지만 톤즈의 돈 보스코 이태석 신부, 온 몸으로 검소와 모범을 보인 간다나 테레사 수녀처럼 영혼을 불사르며 헌신한 모습을 떠올리면, 어쩔 수 없이 주눅이 든 탓도 있다. 아무리 낮춰 생각해도 의욕만 앞세우고, 이래저래 상相으로 말하면 닫힌 마음을 열기는 어려울 것이다.

더구나 정년 덕분에 얻은 행동의 여유와 배움의 자유를, 내가 한 말 때문에 스스로 구속할까 보아 자꾸 머뭇거리게 된다. 하지만 직업병이랄지, 글줄이나 읽어야 맘이 편하다. 아직도 뭘 가르칠까 신문

기사 한 줄에도 깨알 메모를 하며 신경을 곤두세운다. 이 모두가 평생을 지켜온 관성의 힘이리라.

비우면 채워지는 당연한 이치를 알아가며 뭘 가르칠까 찾고 다니다 보니, 오히려 배울 게 더 많다. 최근에는 몇 분의 몸소 낮춰 보임에 감동하고, 배우는 것도 세상 사는 또 다른 맛이라 새삼 감탄을 한다.

첫째는 워런 버핏의 이야기다. 세계에서 세 번째로 부자인 그가, 전 재산의 99%를 기부한다는 약속을 한 「나의 기부 서약」My Philanthropic Pledge에서 이런 말을 한다.

"내가 거금을 모은 것은 자궁 로또Ovarian Lottery 때문입니다. 미국에서 백인으로 좋은 재능을 물려준 유전자와, 복리複利 이자가 복합적으로 작용한 덕분입니다. 전쟁터에서 나라를 구한 훌륭한 사람한테는 훈장 하나로 보상하고, 미래 인재를 키운 선생님께는 감사 편지 한 장이 고작인데, 저평가된 주식을 잘 찾아낸 저에게는 엄청난 부를 안겨주었습니다.

저와 우리 가족은 죄책감이 아니라 감사하는 마음으로 필요한 것만 갖고, 나머지는 인생의 제비뽑기에서 운이 나빴던 이들을 돕기 위해 사회에 환원합니다. 이 일은 다만 하나의 출발에 지나지 않습니다."

얼마나 여유롭고 풍족한 삶인가? 위트와 해학을 버무린 겸손이 성스럽다.

둘째는 프란치스코 교황의 유머와 기본 회귀에 관한 이야기다.

"하느님, 나를 교황으로 뽑아준 추기경들을 용서하소서."

낮춤과 유머는 이럴 때, 이렇게 하는 것이 아닐까? 그러고서 금기시된 재소자 소녀와 이교도인 이슬람 교도의 발을 씻고 발등에 입맞춤한다. 자신의 뿌리와 십자가의 기본으로 돌아갈 것을 강조한다. 엄청난 부담을 재치로 풀어낸다. 아직도 기행은 이어지고 있다. 다음의 언행이 기다려지기는 일상에서 매우 드물게 있는 일이다.

셋째, 임권택 감독의 말이다.

"스스로 별 볼일 없는 인생을 살았다고 생각하는 감독의 흔적일 뿐인데, 이렇게 대대적으로 공개하게 돼 부끄럽습니다."

「서편제」, 「취화선」, 「장군의 아들」 등 101편의 영화를 만든 한국 영화계의 거장이 한 말이다. 큰일을 하고도 외려 부끄러워하는 것이 참된 겸양의 자세가 아닐까? 자신의 본디 자리를 알고 기본을 지키며 몸을 낮춰 겸손하는 거, 참 편안하고 쉬울 것 같은데 모두 어렵다고 한다.

넷째, 추사의 걸작인 세한도歲寒圖의 소장에 얽힌 이야기다. 세한도는 동그란 창이 달린 단출한 집에, 한 팔이 비틀린 늙은 소나무 한 그루와 위로 쭉 뻗은 잣나무 세 그루가 그려진 문인화文人畵다. "날이 차가워진 뒤에야 소나무, 잣나무가 시들지 않음을 안다"는 추사의 그림 속의 말이 세월을 만난다.

여섯 번째 주인이 된 후지츠카藤塚 선생은 1944년, 전화戰火를 무릅쓰고 일본까지 찾아와 100여일 지성으로 졸라대는 손재형에게 "그

정성을 보니 새 주인이 맞다"며 그냥 돌려준다. "선비는 아끼던 물건을 값으로 따지지 않는다. 어떤 보상도 받지 않을 테니 보존이나 잘해 달라"고 부탁한다.

거룩한 마음은 대를 잇는다. 구순을 넘긴 아들, 아키나오明直가 추사의 미공개 편지 20여점과 유물 2천700여 점을 연구비 200만 엔과 함께 과천시 추사박물관에 기증하며 말한다.

"추사 관련 자료는 마땅히 한국이 보존해야 한다. 그리고 문화 교류의 계기가 되길 바란다."

세한도는 그 뒤 개성의 거상 손세기를 거쳐, 그의 아들 손창근으로 이어진다. 그의 노력으로 세한도는 국보 180호로 지정받는다. 국보 지정은 국민의 품으로 돌려주는 것이다. 국립중앙박물관에 세한도를 기탁하면서 현금 1억 원을 기부한다. 얼굴을 내밀지 않는다.

2012년 '얼굴 없는 기부자' 손옹(당시 83세)은 다시 큰일을 낸다. 서울 남산 면적의 두 배가 넘는 662ha(시가 1천 억대)을 산림청에 대리인을 통해 기부한 것이다. "50년 넘게 돌보아온 우거진 숲을 조건 없이 넘기니, 후세에 온전히 물려줄 수 있도록 잘 관리해 달라"는 말만 남겼다.

다섯째는 세계에서 가장 가난한 대통령 이야기다. 우루과이의 호세 무히카Jose Mujica는 지난 5년간 대통령을 지내고, 지금은 상원의원으로 돌아갔다. 우루과이는 비록 인구는 300만에 불과하지만, 남미에서 아르헨티나와 칠레 다음으로 부자 나라다. 1인당 GNP가 1만5

천 달러가 넘고, 집권 후 매년 5%씩 성장하는 농축산물 수출 국가다.

화려하지는 않지만 덩그러니 대통령 관저도 있다. 그런데 취임하자 관저를 노숙자 쉼터로 내어주고 자신은 부인 소유의 작은 농장 주택에서 산다. 5년간 받은 급여의 90%는 자선 단체나 NGO에 기증하고, 월 130여만 원 남짓이 자신의 몫이다. 직접 트랙터도 몰고, 비닐하우스에서 채소나 꽃을 가꾸며 농사꾼으로 살아간다.

유일한 재산은 1987년에 산 폭스바겐 비틀즈 고물차 한 대뿐이다. 어느 중동 부호가 이 차를 1백만 달러에 사겠다고 했는데, 대답 대신 빙긋이 미소를 지었다고 한다. 그가 2012년 브라질 리우 정상회담 때 한 연설이 아직도 인구에 회자되고 있다.

〔우리는 발전을 위해 지구에 온 것이 아니다. 행복을 위해 지구를 찾아온 것이다. 선진국만큼 소비하려면 지구 3개가 있어도 부족하다…. 우리는 이 땅에 단 한 번의 삶을 누릴 수 있으며, 다른 사람이 잘 살 수 있도록 노력할 의무가 있다.〕

〔빈곤한 사람은 조금만 가진 사람이 아니다. 욕망의 끝이 없듯이, 아무리 소유해도 만족하지 못하는 사람이다.〕

다섯 살 때 아버지를 여의고 가난한 어린 시절을 보낸 사람이다. 독재 정권과 싸우며 14년 간 감옥에 있었고, 모진 고문을 견디며 온갖 풍상을 다 겪은 투사였다. 골수에 사무친 원한을 자비와 사랑으로 이웃에 돌려주고 있다. 퇴임 시 65%의 지지율을 뒤로 하고, 고물차를 타고 고향으로 향하는 그의 뒷모습에서 우리는 보았다. 모든 걸 다 내려놓은 큰 바위 얼굴을!

세상이 어지럽고 야박하다는 생각이 들면 나는 이야기를 즐겨 찾는다. 『영혼을 위한 닭고기 스프』(푸른숲, 2008), 『마음을 열어주는 101가지 이야기1, 2』(인빅투스, 2012) 등 원서로 읽으면 더 재미있는 책들이 많다. 슬프고 아파서 괴로운 이야기로는 마음을 얻을 수가 없다. 배고프고 힘들며 아픈 이웃이 고됨과 분함과 욕됨을 이겨내고, 마침내 역경을 반전시켜갈 때 힘을 얻는다. 일종의 차력借力처럼 용기가 생긴다.

이 세상은 여전히 살만하다며 감동을 전하는 이야기는 우리 주위에도 흔하게 있다. 하지만 낮에는 너무 밝아 눈에 띄지 않고, 밤에는 어두워 잘 보이지 않는다. 발견의 눈을 기다리고 있을 이야기를 모아보자. 그리고 들려주자. 왜 슬픔을 나누면 반감하고, 기쁨을 나누면 배로 늘어나는지를…. 학교에서 배운 것은 지식이고, 사람에게서 배운 것을 지혜라고 하지 않던가?

10. 역설을 지나면

대학 1학년 시절의 철학 시간이다. 연세 지긋한 노교수님이 말 한 마디 하실 때마다 매우 신중하시다. 달변가들이 명강으로 칭송되던 1960년대 초이다 보니 별로 인기와는 거리가 먼 강의였다.

"말 한마디 하기가 어렵단 말이야. 그게 철학이지. 이 세상은 모순과 갈등으로 돼 있어. 자네들 눈에는 매우 불합리하게 보이는 게 많지? 그러나 그걸 우주나 신의 눈으로 보면 매우 합리적이고, 또한 순리가 된단 말이지!"

당시엔 무슨 뜻인지 알다가도 모르는 일로 넘겼다. 그런데 첫 부분, '어렵다는 그 말 한 마디'는 내가 가르치는 입장이 되니까 이해가 왔다. 높낮이는 고사하고라도, 자신만의 가치관과 철학이 있어야 비로소 제대로 된 말을 할 수 있다는 뜻이다.

그러나 뒷부분, 왜 '이 세상의 모순과 갈등이 우주나 신의 관점에서는 합리적이고 순리'인지 단편적으로는 가닥이 보였지만, 한마디로 역설임을 한참 뒤에야 늦재주가 생겼다. 이 또한 지혜의 역설이다. 꼭 필요한 젊을 때는 모르고, 산전수전 다 겪고 큰 도움 될 일도 없는 이제야 알게 되었으니 말이다.

"사위야, 자네도 딸 낳아봐!"란 말이나, "이 놈아, 너도 자식 낳아봐!"란 말도 악담이 아니라 역설이다. 또는 몸은 낡아지고 기억력은 흐려가지만, 노력하면 나이가 들어도 지혜는 더 심화되고 고도화 된다는 말이기도 하다. 역설은 '소문난 잔치에 먹을 게 없다' '지는 게 이기는 거야' '바쁘거든 돌아가라' '사랑의 매'처럼 겉으로는 모순되고 불합리하지만, 실질적으로는 진리가 되는 말을 일컫는다.

인간은 태생부터 역설이다. 걸핏하면 "왜 날 낳았느냐?"고 투정하던 자신은 잊고, '나 닮은' 자식을 기대하며 첫아이를 낳는다. 키우기 어렵다는 말을 입버릇하면서 둘째를 낳는다. 노후를 팽개쳐가며 왜 하는지도 모르고 경쟁적 교육에 가산을 탕진한다.

부모의 지극 정성이 자칫 극성으로 변하고, 목숨도 아끼지 않을 참사랑은 집착이 된다. 하지만 그 자식은 커가면서 '이유 없는 반항'이라며 틈만 나면 탈출을 시도하고, 부모의 품을 벗어나려 발버둥 친다. 사랑의 역설이 시작되는 것이다.

드디어 부모는 사람의 도리를 가르친다며 자신은 그렇게 싫어하던 사랑의 매를 든다. 예쁜 자식한테는 매 한 대 더 들어야 하고, 미운 자식한테는 사과라도 하나 더 주어야 한다. 매 맞은 자식은 자유를 속박하고 새장 같은 틀을 강조하는 부모와 갈등 관계에 선다.

"아하. 그래서 우리 부모님이 그렇게 야단치고 눈물이 쏙 빠지도록 혼을 냈구나"를 알게 되었을 때는 이미 부모는 안 계신다. 특히 아버지란 돌아가신 뒤에야 더욱 그립고 보고 싶어지는 역설적 존재가 아니던가?

아이는 사춘기를 지나는 어느 봄날 연인을 만난다. 사랑이 깊어갈수록 붙잡아두고 싶고, 소유하고 싶다. 그러나 진정한 사랑은 상대를 자유롭게 놓아주는 것이다. '연인의 역설'에 빠진다. 옆에서 나만 보고 살기를 바라는 소유욕이 발동될수록 상대는 싫어한다. 한사코 벗어나려고 한다.

몸이 가까우면 마음은 멀다. 그래서 사랑은 그리움이다. 남인수의 「청춘 고백」처럼, 헤어지면 그립고 만나보면 시들하다. 애정의 역설이다. 만나면 헤어지게 되는 회자정리會者定離요, 산 것은 모두 죽게 되어 있다는 생자필멸生者必滅이며, 사랑하는 사람은 헤어지게 되어 있으니 애별이고愛別離苦다.

청년이 된 아이는 세상을 보며 부귀영화를 그린다. 될 것 같다는 꿈은 비전으로 구체화 되어 현실에 바짝 다가선다. '싶어라!'를 열심히 외치고, 때로는 수단과 방법을 가리지 않는다.

돈을 벌었다. 부자의 겉모습만 보고 다 된 줄 알았다. 먹을거리에 벌레가 많고, 온갖 불청객이 떼거리로 몰린다. 주면 더 달라하고 줄수록 욕을 먹는다. 이웃을 위해 거금을 쾌척해도 "정치를 하려나? 생색 낼 일이 있나? 무얼 감출 일이 있어 쇼를 하나?" 더 큰 의심을 사고, 친인척을 도우면 "제 형편에 이게 뭐야? 사람을 어떻게 보냐"며 원한이 따른다.

슬슬 옳은 사람은 물러나고 집안은 점점 살벌해진다. 마음껏 누릴 수 있는 것은 고작 감각적인 것뿐인데, 그나마 뒤탈이 두렵다. 돈의 속성이 천賤하다는 사실을 아는 것은, 재물 손해와 배신의 쓴 잔을 거푸 마신 뒤다. 돈은 잘 써야 본전이다.

그렇다고 손이 오그라들면 더 손가락질을 당한다. 남이 알면 색을 드러내는 거라 생색生色이라 한다. 남모르게 써야 적선積善이 되고 잘 쓰는 것이다. 그러니까 내가 가진 것은 내 것이 아니다. 남한테 준 것만 내 것이다. 양심에 저축한 양심 자산이라고 할까? 이것이 부의 역설이다.

다음, 권력을 보자. 권력은 상대의 행동을 통제할 수 있는 능력을 말한다. 권위, 영향력, 폭력을 모두 아우르지만, 승자의 전리품처럼 개인적이거나 사회적인 통제감Sense of Control이 핵심이다. 권력은 테스토스테론이란 남성 호르몬을 자극하고, 도파민을 분출시켜 기분이 좋아진다. 집중력을 높이고 용단을 촉진한다. 매사 긍정적이라 스트레스도 거뜬하게 넘긴다.

그러나 더 큰 보상 시스템이 가동되면서 코카인처럼 중독되어 간다. 공감을 못하고 터널 증후군에 휩싸여 저돌적이 된다. 오만과 방자함이 극치에 이르지만, 통제 가능하다는 환상에 빠져 본인은 정작 늪인지 수렁인지 모른다. 섹스나 마약, 게임 또는 도박에 중독된 것처럼 기고만장은 결국 파멸을 불러온다. 세상이 급변할수록 그 정점은 빨리 온다.

돈의 숨겨진 얼굴마냥 권력의 다른 얼굴은 외로움(=孤獨)이다. 날선 칼이 필요해서 순진과 어수룩함으로 무장하고, 온갖 설움과 핍박도 견뎌낼 수 있는 잇속 밝은 이만 맴돈다. 사람 같은 사람은 이미 주위에 없다. 사실 자초한 고독이다.

그래서 권력자의 중독을 해독하고, 그 힘을 견제할 제도적인 장치가 필요한 것이다. 삼권분립과 언론의 역할이 강조되는 이유다. 그래서 세습 왕조에선 제왕학帝王學을 필수로 한다. 수시로 '군주의 거울'을 비춰보고, 면경자아面鏡自我, Looking Glass Self를 바르게 충언해주는 사람이 필요했다.

그래서 사람을 알아보는 안목을 군주의 제1의 덕목으로 삼았던 것이다. 그러나 권불십년權不十年이요 세불십년勢不十年이라, 권력은 보름달처럼 기울게 되어있고, 중독자의 뒤끝처럼 남는 것은 허망이다. 승자의 딜레마요 권력의 역설이다.

앞에서 부의 속내는 천한 것이라고 하였다. 그런데 왜 부를 귀貴함과 같은 열列에 놓고 부귀라고 했을까? 두 가지 의미가 짐작된다. 부는 권력의 수단이 되기도 하고, 그 자체가 개인적 또는 사회적 지배력이란 점에서 권력이다.

하지만 부나 권력은 쉽게 적응되고 더 큰 것을 원한다. 인간의 욕구가 무한하기 때문이기도 하고, 부나 권력의 한계이기도 하다. 그래서 부를 가지면 당연히, 또는 자의반 타의반으로 귀를 탐하게 되어있으니 부귀라고 하였을 것이다. 명예 학위가 그렇고 각종 친교 단체나 예체능 단체의 장이 그런 징후가 짙다.

그럼 다른 의미는 무엇일까? 귀에는 두 가지의 뜻이 있다. 하나는 높은 자리를 말하고, 다른 하나는 다른 이의 존경을 불러오는 고매한 인격과 품성을 가리킨다. 만약 높은 자리에 앉은 사람이 스스로를 귀한 인물로 알고 존경과 귀한 대우를 기대한다면, 존경은 고사하고 욕만 듣게 될 것이다. 존경받는 귀는 깨끗하고 고결한 인격에 감동하여 절로 고개 숙여지는, 타인의 거울에 비친 이미지이기 때문이다.

그래서 부와 귀는 모순되거나 선택적이다. 부를 버리고 귀할 것인가, 아니면 부를 취하고 귀를 놓칠 것인가? 올바른 부귀는 만 사람이 존경하는 부이다. 개인적으로는 호사와 사치로 보이는 열부熱富를 멀리하거나 경계하고, 맑고 깨끗한 청부淸富를 지향해야 한다.

사회적으로는 가치의 재생산을 위해 널리 이웃의 역할 모델이 되고, 만 사람이 존경하는 일에 부를 심어야 한다. 그래서 부귀는 역설이다. 그 반대로 천함 속에 귀가 숨어있고 빈곤 속에 부가 있으며, 힘없는 무력無力에는 권력이 들어있을까?

다큐멘터리 영화 「웨이스트 랜드Waste Land」는 세계 최대 규모의 쓰레기 매립장, 자르딩그라마초에서 살아가는 카타도르의 삶을 조명한다. 참담한 막장 인생이 살 것으로 짐작한 쓰레기 매립장 속에는 절망이 보이지 않는다. 비참함도 없다. 희망이 등대처럼 그들의 어둠을 밝혀주고, 정직한 노동과 삶의 용기가 빛나고 있기 때문이다. 목표가 분명하고 꿈과 용기가 꿈틀거린다면, 그들은 가난하지 않다. 도리어 부자라고 불러야 맞다.

다음은 필리핀 어느 호화 부촌 입구에서 길거리 좌판坐板를 깔고 바나나를 팔고 있는 어느 할머니 이야기다. 당시 아시아개발은행 이사로 있던 이 박사의 눈에는 이상하다 못해 신기하게 보였다. 부잣집 사람들은 거들떠보지도 않을 과일을, 하루 종일 뙤약볕에 다 시들 때까지 팔 생각이 없는지 마냥 졸고 있는 모습이 안쓰럽기도 하고, 빈부의 극단적인 대치로 보여 물어보았다.

"할머니, 저기 사는 부자들이 밉지 않습니까? 내 눈에는 죽이고 싶을 만큼 얄밉게 보이네요. 해코지라도 하지 않으면 못 견딜 것 같은데요."

갑자기 그 할머니는 크게 화를 내며 야단을 치는 것이다. 어디서 그럴 힘이 나왔는지 삿대질까지 한다.

"저긴 내 꿈이요. 언젠가 내 자손이 살 곳이란 말이에요. 저곳은 바로 내 눈에 보이는 천국인데 감히 당신이 나의 꿈을 깨다니!"

도리 없이 내 친구는 도망치듯 그 곳을 빠져나왔다. 천한 일 속에 정직과 희망이라는 고귀한 가치, 곧 귀함이 살아있고 가난 속에 부자의 꿈이 숨어있다.

극빈과 천한 일은 헝그리 정신을 일깨워 정신적으로 성숙되게 하고, 강하게 동기를 유발한다. 개인적인 권력으로 빗나가는 경우가 있지만, 정상적이라면 계층 사다리의 구축과 같은 사회적인 제도 개선을 위한 권력을 꿈꾼다. 힘없다는 무력無力감으로 폭력에 호소하는 부작용도 있다.

하지만 꿈꾸는 권력에의 의지가 장한 일이라면 더 큰 권력욕으로 작용하고, 자기 통제력이라는 내면적 권력자가 되는 것이다. 무력감은 권력이 숨어있는 장롱이다. 이러한 속성은 돌고 돌아 부자는 빈자가 되기 위한 초기 조건이 되고, 빈자는 부자가 되기 위한 필요한 조건이 된다.

고결해서 존경받던 귀한 사람도 부를 탐하면, 자리도 잃고 명예도 잃어 한 순간에 천해진다. 성인聖人의 삶은 말할 것도 없고, 간디나 테레사 수녀와 같은 선지자들은 부귀와 권력을 버린 빈자의 삶과, 천한 일에서 도리어 인간이 갈구하는 행복과 존경, 권력이 함께 있음을 몸으로 보여주었다. 그러면 이 역설을 어떻게 풀까?

먼저 세상만사, 역설임을 알아차려야 한다. 말하자면 철이 들어야 한다. 부모와 자식 간 사랑의 역설은, 물의 흐름으로 이해하면 풀린다. 물이 위에서 아래로 흐르는 것처럼 내가 내 자식을 사랑한 만큼, 아니 부족했다면 더욱 그 자식을 사랑하게 되어 있다. 바라지 않고 욕심 없이 베푼 순수한 사랑은, 혹 연어의 회귀 본능을 자극해 '그 탕아'가 돌아올 날도 기약할 수 있을 것이다.

어릴 적 사랑의 매를 맞아가며 사람의 도리를 배운 자식이나, 형편이 어려운 부모를 만나 소싯적 고생을 많이 한 자식은 스스로 사람이 된다. 아픔과 헝그리 정신이 깨달음의 촉매가 되어 사람을 만드는 것이다. '애써 감췄던 엄마의 눈물과 아버지의 아픈 마음'을 알게 된다. 그러니 어찌 그 부모를 그리워하고 고마워하지 않겠는가?

사랑은 소유하고 집착하는 순간 멀어지고 생명력을 잃게 된다. 한 가닥 남겨둔 비밀스런 곳에 매력이 있고, 그 매력이 사랑의 원천이 되는 것이다. 새장에 갇힌 새는 이미 새가 아니고, 박제된 사랑은 가짜 꽃처럼 향기가 없다. 갈애渴愛와 탐욕貪慾은 사랑이 아니다. 이와 같이 사랑의 역설을 알아야 참 사랑을 할 수가 있고, 연인의 역설을 알아야 참된 연인을 둘 수 있다.

마지막으로 생사生死의 괴로움이다. 계절이 변하듯 태어난 것은 사라진다. 죽는다. 죽지 않고 낡아지기만 하고 그 자리에 마냥 있다면 얼마나 지루할까? 죽음은 새 몸을 받고 새 판을 짜는 매우 흥미롭고 기다려지는 '다음 스토리'가 아닌가? 다만 미지의 여행, 아무도 여행기를 남기지 않은 곳이기 때문에 불안할 뿐이다. 그러나 불안을 호기심으로 바꾸면 훨씬 부드럽다.

그리고 거역할 수도 없으니 받아들여야 하고, 당연하다면 기꺼이 받아야 한다. 탄생에 죽음이 있고 죽음 때문에 생이 있고, 때로는 빛나는 것이다. 이처럼 역설을 이해하면 자연의 이치가 보인다. 본래 그렇게 되어 있는 것을 찾아내었으니 발견이다. 여태 못 보던 눈을 뜨게 되었으니 개안開眼이다.

중용中庸의 첫 문장은 "하늘의 뜻이 나의 본성이다天命之謂性"로 시작한다. 하늘이 명한 바인 말씀은 내 마음 한 가운데 항상 있는 본래의 마음, 곧 본심 또는 양심에 있다. 이 마음이 세상을 살며 변질한다. 욕심이 넘쳐 탐욕이 생긴 탓이다.

삶에 꼭 필요한 생명력인 하고 싶고, 갖고 싶고, 보고 싶은 욕구를 적당한 정도만 가져야 하는데, 대부분 수위 조절에 실패한다. 초심을 잃은 까닭이다. 고삐를 놓친 야생마처럼 욕구는 요동을 치고 금세 미혹에 빠진다. 하늘에서 내려오는 말씀을 받아 본심으로 전하는 길,

곧 하늘의 길인 천도天道가 망가진 것이다.

그 대신 세상살이에 밝은 엉뚱한 길, 사도邪道가 생긴 탓이다. 욕심은 갈애와 탐욕을 부르고, 어느 순간 무너지는 임계량Critical Mass에 이를 때까지는 부귀영화를 누리고 잘 사는 것처럼 보인다. 역설을 보지 못하고 도리어 역설을 조롱한다.

부잣집 자식이나 권력가의 후예들이 살림을 망치고 망신당하는 꼴을 보고도, 대부분 비슷한 운명에 처한다. 하늘은 계속 경고를 보낸다. 자식이 죽거나 타락한다. 심복이 배신하고 패륜이 속출한다.

하인리히 법칙Heinrich Principle에서는 경고하는 정도를 수치화하고 있다. 대형 사고 한 건에 작은 사건이 29번 생기고, 눈에 잘 안 보이는 미세한 탈이 300번이나 일어난다고 한다. 그래서 1:29:300의 법칙'이라고 한다.

이기동 교수의 표현(=중용강설)을 빌면, 하늘에서 오는 길天道이 망가졌으면 새로 고치고 수리를 해야 마땅하지 않는가? 그래서 하늘에서 오는 길을 수리하는 것이 수도修道다. 물질이 풍요해질수록 마음은 버려지고 폐허가 될 위험이 높다.

자기 스스로 닦는 수신修身이란 마음을 다스리는 수심修心이 먼저다. 수심은 인내심이라는 감정 통제 능력에서 시작한다. 이 또한 기술이라 배울 수 있다. 천재가 만들어 놓은 길을 따라만 가면 되는 교본이 널려 있다. 너무 많아 옥석구분이 어렵다.

그러나 제일 좋은 길을 찾다가 허송한 세월이 아깝다고 생각된다면 지금부터다. 모든 잘못은 "내 탓이요. 내 탓이요. 아주 큰 내 탓이요! Mea culpa! Mea culpa! Mea maxima culpa!" 이거 하나만 실천해도 상당한 효과가 있을 것이다. 역할 모델은 늘 가까이 있다니, 찾아보자.

현각은 예일대에서 철학과 문학을 하고, 하버드대에서 비교종교학 석사를 한 미국 스님이다. 『만행』, 『선의 나침반』, 『오직 모를 뿐』이란 몇 권의 베스트셀러로 스타가 되었다. 유명세를 탈 무렵 갑자기 독일로 떠난다.

"나를 찾으려 왔다가 유명 인사가 되니 나를 잃을 것 같았습니다. 낯선 독일을 택했습니다. 굶주림과 영적 외로움이 있던 초심으로 돌아가 다시 도전하고 싶었기 때문입니다."

그는 거듭 '양심 거울의 묵은 때를 닦아내고 본심을 회복'하면, 자신의 마음속에서 주인을 기다리고 있는 세 권의 책이 읽힌다는 것이다.

"나는 누구인가, 나는 어디서 왔는가, 나는 어디로 가는가?"

스스로 묻고 답을 찾아가는 것이 책 읽기요, 인생의 바른 길이라는 뜻이다. 극히 드물게 기본으로 돌아갈 필요가 없는 사람이 있다. 몸에 배어 있기 때문이다.

슈바이처 박사가 모금 운동을 위해 오랜만에 고향에 들렀다. 수많은 사람들이 그를 마중하러 역에 나왔다. 그가 1등 칸이나 2등 칸에서 나오리라 생각했던 마중객들의 예상과 달리, 슈바이처는 3등 칸에서 내린다. 그 먼 길을 어째서 3등 칸을 타고 왔냐고 묻자 박사는 빙그레 웃으며 답한다.

"이 열차엔 4등 칸이 없더군요."

보통 사람은 한 소식 얻고 깨쳐도 계속 닦지 않으면 도루묵이 된다. 비록 깨우친 사람이라 할지라도 나날이 닦고 살아야 한다는 돈오점수頓悟漸修를, 나는 배운 사람의 바른 몸가짐이라고 생각한다.

그래, 이제부터다. 자나 깨나, 앉으나 서나, 자기 명령어 또는 구호를 외친다. 내가 할 일과 하지 말아야 할 일을 정한 하루의 시간표가 나를 이끈다. 혼자 있을 때라도 스스로 삼갈 수 있는 자세를 말하는 신독愼獨이 일단의 목표다. 호흡하고 운동하고 욕구를 순화하고 승화시킬 수 있는 자기 노트를 만들어 실천하는 것이다.

남은 몰라도 나는 알고 있기 때문이다. 일상의 행동을 낱낱이 기록하고 잘잘못을 판단해 스스로 알려주는 하늘이 심어놓은 모니터, 양심이 건재하고 본심이 살아 있다면 말이다. 그 길이 바로 깊은 마음 속 항상 있는 중용이 아닐까?

세상으로 열린
두 개의 창窓

제3부

일상을
살아가는 정설

·
·
·
·
·

아무리 내 마음이 따뜻하고 고와도,

어떻게 전달하고 표현하느냐에 따라 의미는 천양지차가 난다.

따뜻한 말 한마디가 꼭 필요한 이유다.

학교에서 문법은 강조하면서도 말하는 법인 화법話法은 생소하다.

일상을 '따뜻한 말 한 마디와 말하는 습관'으로 일관한다면,

그는 분명 성공한 인생 스토리의 주인공이다.

제3부
일상을 살아가는 정설

아무리 옳은 말도 자주 들으면 싫증난다. 누구나 겪는 사춘기 때는 더욱 날뛴다. 몸이 정신을 압도하고 감정의 기복을 이성이 감당하지 못하기 때문이다. 옳은 잔소리가 질곡이 되고 고통으로 느껴지는 순간, 이유 없는 반항은 절정에 이른다.

모든 아이들이 그렇게 커서 청년이 되고, 또 자식을 갖게 된다. 그런데 자신만이 특별한 경험을 한 것처럼 여긴다. 부모나 선생님 그리고 윗사람이 거듭해온 잦은 소리가 메시지로 저장된다. 여기서 만들어진 것이 어버이 자아다.

자식을 가지면 자신도 모르게 어버이 자아가 나선다. 생활 과정에서 절로 그 옛날 아버지나 어머니가 하던 말을 그대로 한다. 대부분은 어버이 자아가, 간혹은 어른 자아가 하는 '바른 말, 옳은 행동'이 정설이다. 정설은 중년에 들어서면 회의를 부른다. 가치의 착시와 혼란을 거친다.

자유와 평등이 갈등 관계임을 알았을 때는 이미 늦다. 드디어 역설을 붙들고 고뇌한다. 그러다 그 옛날 그렇게 지겹게 들리던 부모님, 선생님 그리고 그 선배가 하던 말이 귀에 울린다. 가슴을 때린다. 그 깊이가 새삼스럽다. 역설의 덤불을 뒤지다 큰 반전을 기대했는데 맴을 돈다. 비로소 하는 말이 제3부의 주제다.

"일상은 역시 정설이다."

따져보자. 일상생활에서 가장 중요한 것이 무엇일까? 일생은 "말에서 시작해서 말로 끝난다"해도 과언이 아니다. 모든 인간 관계에서 소통이 중요하다면, 소통의 대부분은 말이 차지하기 때문이다. 말 한 마디로 천 냥 빚을 갚는다는 속담이 있다. 분명 우리 선대가 알고 있기는 한 것 같다. 그런데 실생활에서는 매우 소홀하다.

아무리 내 마음이 따뜻하고 고와도, 어떻게 전달하고 표현하느냐에 따라 의미는 천양지차가 난다. 따뜻한 말 한마디가 꼭 필요한 이유다. 학교에서 문법은 강조하면서도 말하는 법인 화법話法은 생소하다. 일상을 '따뜻한 말 한 마디와 말하는 습관'으로 일관한다면, 그는 분명 성공한 인생 스토리의 주인공이다.

그런데 말하는 습관을 체화하려면, 그 기본에 깔려있는 '대화의 규칙'을 이해하고 있어야 한다. 한 걸음 더 나가면 칭찬도 아무나 하는 것이 아님을 안다. 코끼리도 깨춤을 추게 만들 그 칭찬을 어떻게 하면 아름답게 할까, 기왕이면 고운 비단 위에 꽃을 보탠다는 뜻에서 '칭찬의 미학'이다.

한 평생도 결국은 하루하루가 쌓여 이룬 궤적이다. 그런 점에서 하루가 곧 일생을 좌우한다. 일상을 어떻게 할까? 하루를 어떻게 살까? 일상 또는 하루를 사는 자신만의 원칙과 노하우가 있겠지만, 여기서는 누구나 따라할 수 있는 범용 원칙을 말한다.

먼저 자신을 비쳐주는 양심이란 거울을 사용하는 문제다. 자신의 언행을 살필 때 어떤 기준을 사용해야 할지를 논의하는 것이 '하루를 살피는 기준 셋'이다. 다음에 인간이 마땅히 지켜 가야할 도리를 다룬 것이 '인간의 다섯 가지 도리요, 항상 가져야 할 다섯 가지 오상五常'이다.

그러나 철이 들면 틀이 싫어진다. 자신을 묶고 있는 그 틀Frame을 벗어나고 싶다. 아무나 할 수 없다. 그러나 오랜 세월 몸에 배어 불편이 없고, 오히려 그 틀이 있어 더 편해지는 단계에 이르면 하는 말이 있다. 남이 보면 고행인데 자신은 더 편하고 자유롭다. 생각의 틀을 벗어나고 사고의 통을 넘나든다. "마음 가자는 대로從心所欲 살자면…"이다.

함부로 넘볼 수 없는 경지라 길게 말하지 못한다. 아직은 머리로 생각하고 있기 때문이다. 하지만 가슴에 담고 싶은 모습이다.

1. '따뜻한 말 한 마디'와 말하는 습관

나이 들면서 자칫 놓치고 마는 것이 목표 의식이다. 늘 매어있는 생활만 하다가 정년을 맞고, 언필칭 '자유인'이 되면서 대박처럼 누리는 자유 때문이다. 그런데 자유가 얼마나 어려우면 '자유로부터의 도피 심리'가 설득력을 얻고 있겠나?

더구나 낫살 깨나 먹은 사람한테는 주변에 반듯한 어른이 없다. 자신이 스스로 선생이 되고 어른 노릇도 해야 되니, 브레이크 없는 운전대에 앉은 기분이 들 것이다. 그래서 대낮에도 불을 밝히듯 조심조심 한다. 그런데 본시 결심은 작심삼일이란 속성이 있고, 힘에 부치는 과제일수록 실패 확률은 높다. 해서 목표 의식을 회복하고 비교적 오래 버틸 수 있는 쉬운 과제를 구하다가 힌트를 얻었다.

나는 텔레비전을 잘 안 보는데 얼마 전에 시작한 드라마 제목이 맘에 들었다. 「따뜻한 말 한 마디」라, 우리 가족이 한 해 열심히 연습하면 잘 풀릴 수 있는 비교적 난이도가 낮은 괜찮은 제목이란 생각이 들었다. 쉽사리 합의가 되고, 한 해 우리 집안을 지켜줄 구호로 정했다. 누군가 퉁명한 언행을 하면 즉시 '따뜻한 말 한 마디'를 사인으로 보낸다. 반사적으로 표정은 '맑음'으로 바뀌고, 경쾌한 말 한 마디가 나온다. 시작은 순조롭다.

그런데 습관 중에서 제일 무서운 것이 언어 습관이요 말버릇인데, 긴장은 그리 오래 가지 않는다. 점차 해이해지면서 '따뜻한 말 한 마디'가 도리어 불씨가 된다.

어느 날 아침이다. 산책을 나서며 "여보, 나 산책 다녀오리다"고 알렸다. 그런데 아내는 생체 리듬이 저조한지 아니면, 아침 신문 보는데 여념이 없는지 아무 말이 없다. 한 번 더 복창을 하자 "뭐, 그리 별난 일 한다고 야단이요?"란다. 이때다 싶어 '따뜻한 말 한 마디!'를 외쳤다.

"당신이나 잘 하시오."

올 것이 왔다.

"무슨 소리야!"

벼락같이 고래 소리를 내고 내가 그만 화의 불구덩이에 빠졌다. 아마 나이를 들먹이는 연령대의 사람들은 대체로 경험하는 바이겠지만, 일단 화의 불길에 휩싸이면 컨트롤이 잘 안 된다.

모두 잘 아는 '분노 조절 장애'탓이다. 나는 몇 차례 실패와 실수를 거듭하며 학습해본 결론으로 "통제가 안 된다면 화 낼 자격이 없다"며 자기 체면을 걸어두고, 이런 날을 대비해왔다. 큐 브레이크를 잡았다.

다행히 '현장 탈출'이란 자구책이 작동되었다. 농구 경기 중에 전세가 불리한 팀의 감독이 '타임!'을 외치는 거와 마찬가지다. '강제 산책'명령을 스스로 내린 것이다. 아침 산책은 명상의 시간이고 긍정의 에너지를 축적하는 '자기 사랑'을 실천하는 귀중한 시간인데, 그 날은 그만 화를 삭이는 맹물 시간이 되고만 것이다. 이처럼 호의

와 선의로 시작한 한 해의 구호가 말다툼으로 번질 고비가 아슬아슬
지나간다.

안 되겠다 싶어 수준을 더 낮추었다. '막 말 안하기'로 바꾼 것이
다. 사실 막말은 폭력의 근원이 되고 사회적 병소가 됨에도 불구하
고 뾰족한 대안이 없는 만큼, 가정이나 학교, 사회, 정치판에서도 막
장 드라마처럼 쾌변독설快辯毒舌에 중독된 인구들 틈새를 누비며 번지
고 있지 않는가?

그런데 따뜻한 말과 막말은 수준의 문제가 아니라 완전히 다른 성
질의 말이다. 막말의 배경이나 근저에는 화火가 깔려 있다. 따뜻한
말은 따뜻한 마음에서 나오며, 몸에 밴 언어 습관과 연계되어 있다.

말을 바꾸어 막말을 안 하려면 화를 조절할 수 있어야 하고, 따뜻
한 말을 하기 위해서는 마음이 따뜻해야 한다. 하지만 따뜻한 말이
나오려면 때와 장소, 그리고 대상과 상황에 맞는 말을 가려할 수 있
는 언어 습관이 몸에 배어 있어야 한다.

그러니 "막말을 하지 말자"는 뜻은, 그 근저에 깔려 있는 화를 다
스릴 방도를 가지고 서로 협력하자는 의미를 담고 있는 것이다. 먼저
서로에 상처를 주는 막말을 모아 본다. 아마 "내가 언제 그런 말을 했
어?"하고 강력 부인할 내용들이 많을 것이다. 왜냐하면 자신도 모르
는 홧김에 한 말이 대부분이기 때문이다.

부부 사이라면 "나한테 해 준 게 뭐 있어? 당신을 잘못 만났어. 당
신 아니라도 나는 잘 살아. 재수 없어. 우린 악연이야. 당신 때문에 내

가 못 살아. 이혼 해!", 자식이라면 "넌 도대체 누굴 닮아서 그 모양이야. 넌 제대로 하는 게 뭐야? 공부 안하고 뭐하고 있어?"등등 분별없이 내뱉는 말이 셀 수 없을 만큼 많음에 놀랄 것이다.

어떨 때 무슨 말이 가시가 되고 마음에 상처를 남기며 폭력이 되었는지 평소에 정리해두었다가, 화창한 분위기에 포도주 한 잔 곁들이며 털어놓고 들어주는 것만으로도 소통과 화합이 된다. 묵은 때를 벗기는 해원解寃의 시간이 될 것이다. 그러나 허다한 다툼이 좋은 시간에 분위기 띄워 옛날 이야기하다가 생기는 경우가 많으니, 잘 나갈 때 신중하고 조심해야 한다.

다음, 화는 어떻게 다스릴까? 틱낫한 스님의 『화』를 비롯해서 비방은 많다. 스마트폰 정보가 넘쳐흐르는 오늘날에는 "상처주기는 순식간이지만 치료엔 평생이 걸린다"는 정도는 다 안다. 몰라서 못하는 것이 아니다. 화가 나는 순간 5초를 넘기지 못하거나, 위기 탈출용 패러슈트가 작동하지 않기 때문이다.

해서 나는 존댓말 쓰기를 생활화하길 주장한다. 친구들이나 집사람이 "경어를 쓰니 서먹서먹하다"거나 "친밀감이 떨어진다. 정 떨어진다"며 비아냥거리는 항의를 해옴에도 불구하고, "더 정 들어서 뭐하지요?" 나 먼저 실천해 왔다. 그래선지 품위를 위한 생활상의 간극은 약간 있을지 몰라도 제법 효과가 있다.

그런데 나이 탓인가 화의 고비를 넘기 힘들어 궁리를 하다 '소크라테스'를 구호로 정했다. 아내한테는 미안하지만, 잘 알려져 있는 그의 부인 크산티페와의 일화를 떠올리는 것이다. 물벼락을 맞은 소크라테스가 "천둥 뒤엔 큰 비가 오는 건 당연하지", 독한 부인을 둔 소회를 "승마에 뛰어난 사람은 난폭한 말만 골라 타는 법이지"하고 넘긴다.

온갖 잔소리엔 "물레방아 소리도 귀에 익으면 음악이 되지"라고 했다지 않는가? "내가 악처라고? 석공 주제에 청담고론淸談高論한다며 살림도 팽개친 남편에겐 그렇게 될 수밖에 없는 거야. 내 덕에 그 사람이 위대해진 거야!"라고 외치는 크산티페의 변명은 들어보지 않아도, 내겐 당장의 화를 다스리는 구호로 안성맞춤이다.

'소크라테스!'하고 속으로 고함을 지르면, "크산티페보다 내 마누라가 백 배 낫지!"가 메아리친다. 성은 주춤주춤 가라앉는다. 그래도 안 되면 '타임'을 부르고 못 견디는 내가 밖으로 나간다. 그리고 30여 분, 제법 빠른 걸음으로 걸으며 생각한다.

"왜, 내가 화를 냈지? 화가 난 나는 누구지? 어른 자아, 어버이 자아, 어린이 자아, 그 중에서도 어느 쪽이 탈이 났지?"

이렇게 물어보면 대개 '파괴적 저항적 어린이 자아'가 손을 들고 나온다.

"왜 그리 사람을 몰라보고 독한 소리나 내뱉지? 열불 나게 남하고 비교하며 맨날 내 탓이라니? 약점만 골라 공격하고 한 소리 또 하고, 정말 못 견디겠단 말이요!"

분에 못 이겨 눈물까지 글썽인다. 아니면 평소엔 고분고분 말도 잘 듣고 착해 보이는데, 내심 독을 품고 있는 놈이 치고 나올 수도 있다. 낮엔 순종 형인데 밤엔 폭탄을 만들고 있는 놈 말이다. 이놈들이 하는 짓은 어리지만 나이는 주인 따라 같이 먹어 애 늙은이다. 분명 귀를 닫고 있을 것이다.

그래도 인내심을 발휘해서 어른 자아가 나서서 달래야 한다. 어른 자아가 바로 나를 이끌고 지도하는 고급 영靈이다.

"여자는 다 그래. 심리학 교과서에 나오는 이야기잖아? 자, 그 사람의 장점 다섯 가지만 나열해봐! 큰 마찰 없이 시어머니 잘 모셨고, 아이 셋 다 나름 잘 컸고, 허튼 짓 안했고, 문제점 잘 찾아내고, 어디 가든 어수룩한 너보다 눈치 빠르고, 그러면 된 거야. 별 사람 다 많은데 넌 행운아야, 모두 너 탓이라고 생각해!"

어르고 달래는 사이 상처 받은 아이는 배시시 미소를 흘리고, 화는 봄철 햇살 만난 안개처럼 사라진다. 집으로 돌아온다. 나지막이 아내를 불러 "우리 화, 풉시다"고 먼저 손을 내민다. 일단은 지나간다. 금세 풀리지 않아 연장전에 들어도 자신을 괴롭히지 않고, 냉전은 소강 상태에 든다. 왜냐하면 자신을 먼저 설득해서 화의 불구덩이에서 건져냈기 때문이다.

그러면 따뜻한 마음은 어떻게 가질까? 이른바 자애 순행법慈愛順行法이 필요하다. 자애란 가엽게 생각하고 사랑하는 마음에서 나온다. 예컨대 거들먹거리는 고관이나 대부의 언행을 보더라도, "어른이 된 지금까지도 어른 노릇은 못하고 소아병을 앓고 있는 고통 받는 어린이"로 본다.

"저 사람도 소싯적 많은 상처를 받았구나. 얼마나 아팠으면 출세한 지금도 겉멋에 출랑대는 망나니 마냥 저러고 있을까?"

"자신이 하는 말과 행동이 자존심의 발로거나, 힘 있는 자의 특권쯤으로 착각하고 있겠지?"

당연히 불쌍한 생각이 든다. 가련하고 불쌍해서 도와주고 싶은 마음이 바로 자비심이요, 사랑 아닌가?

그래도 미운 생각이 사라지지 않으면, 하와이 원주민들이 상용한다는 호오포노포노Hoo Ponopono 실천법을 쓴다. 부정적인 생각이나 정보가 떠오르면 네 마디를 차례로 되뇐다.

"미안합니다. 용서하세요. 감사합니다. 사랑합니다."

'미, 용, 감, 사' 얼마나 쉬운가? 그마저도 싫으면 용서 안 하면 어떠랴! 내 마음인데. 어렵지만 본뜰 요량으로 다른 이야기를 하나 들어 보자. 결혼 60년인 회혼回婚을 맞은 잉꼬 노부부에게 금슬이 좋은 비결을 물었다.

"우린 나쁜 말은 버리고 좋은 말만 마음에 담습니다. 아무리 좋은 곡식이라도 쭉정이는 있는 법이지요. 흘려버릴 줄 아는 게 지혜입니다."

마지막으로 따뜻한 말을 하려면 연습 이상 좋은 길이 없다.

"힘내세요. 걱정하지 마세요. 용기를 가집시다. 용서합니다. 감사합니다. 아름다워요. 사랑해요."

상대방을 배려하고 위로하며 격려하는 좋은 말을 적어 두고 연습해야 한다. 자칫 익숙하지 않으면 부끄럽고 쑥스러워서 '마음엔 있는데 끄집어내지 못해서' 또는 '안 하던 말을 하려니 무안하고 어색해서' 결과적으로 퉁명하고 불손한 사람이 될 위험이 있다.

물론 인간의 기대치는 절로 상승하게 되어 있어서 점점 약효는 떨어진다. 때로는 진심을 의심 받는 경우도 있다. 그러나 분위기를 바꾸거나 말하는 톤이나 어법에서 변화를 가지는 것도 묘미다.

하루 세 번 거울을 보며 "거울아, 거울아!" 자신에게 주문을 걸고 고운 말, 기분 좋은 말, 힘을 주고 기운을 북돋우는 불꽃같은 말을 할 준비를 해야 한다. 언어 습관은 하루아침에 되지 않는다. 만 번의 법칙, 최소한 천 번을 외우고 연습해야 걸음마다.

끝으로 부부의 경우, 서로를 자신에 맞게 고치려는 생각은 망상이다. 도리어 불화의 근원이 된다. 부부는 여러 가지로 다르다. 남녀가 다르고, 성장 배경과 환경이 다르고, 생각하는 방법과 대응하는 형식이 다르다. 처음에는 그 다름이 호기심을 자극하고 신선함과 매력으로 다가온다. 드디어 그 매력에 이끌려 혼인에 이른다.

하지만 그 다름을 이해하지 못하고 충돌하면 파경을 맞기도 한다. 왜냐하면 성격은 8세 이전에 형성된 사고의 틀이라, 자신이 엄청난 노력을 해도 잘 안 고쳐지기 때문이다. 그런데 배우자가 힘으로 밀어

붙이면 어떻게 되겠는가?

그러니 매번 닥치는 위기의 순간을 잘 피하고 관리하는 능력이 필요하다. 이 능력이 바로 지혜라는 것이다. 지금이라도 남성과 여성의 일반적인 심리특성을 정리한 책이라도 한 권 읽고, 배우자의 장점과 단점, 감정의 기복 등 서로를 연구하는 자세로 접근할 것을 나의 경험에 비추어 권하는 바이다.

예를 들면 중요한 문제가 생기면 남자는 말문을 닫고 골똘히 생각에 빠진다. 그러나 여자는 그때부터 부지런히 말하고 다닌다. 남자가 말문을 닫으면 무슨 일이 생겨 문제를 풀거나 궁리하는 중이라는 신호를 보내는 것이다. 여자가 갑자기 말이 많아진다는 것은 "일이 생

겼다. 의논하자"는 뜻이다.

같은 일인데도 신호를 보내는 방식이 같지 않고, 해결책을 찾는 자세가 다를 뿐이다. 이렇게 접근하는 방식을 달리하고 해법을 찾는 형식의 차이를 두고 서로 틀렸다고 비난하면, 결국 내분이 생기고 감정의 골은 깊어져 일을 더욱 그르치게 되는 것이다.

또 하나, 부부간 다툼이 있어도 접근 방법이 다르다. 여자는 특히 시집과의 문제에선 옛날이야기를 시시콜콜 한다. 남자는 전혀 감을 못 잡는다. 어슴푸레 안다고 해도 다 잊어버린 과거사다. 그런데 여자는 방금 일어난 일처럼 눈으로 보듯이 말한다. 수십 년이 지나도 레퍼토리는 그대로 각색만 다르다.

알고 나면 여성들의 섬세한 감정 레이더에 잡힌 현장 르포일 뿐이다. 한 번 각인되면 잘 지워지지 않는 여성 특유의 기억 특성 때문이다. 그냥 들어주면 된다. 이 때 욱해서 '피해 의식'이니, "당신은 잘한 게 뭐 있어!" 대꾸를 달면, 되새김질 할 메뉴만 추가되고 전면전으로 확전되고 만다.

"미안해요. 모두 내가 부족한 탓이요. 앞으로 내가 더 잘 할게요."

이렇게 따뜻한 말 한마디를 던질 줄 아는 순간 포착이 필요하다. 영화의 한 장면 같이 남자는 '통과, 통과' 작은북처럼 칠 가슴팍만 내놓으면 그만이다. 거기에 대고 시시비비를 들이대면 밴댕이 속이란 비아냥거림만 당한다. 그래서 나는 평소 남편과 아내의 역할, 엄마 아빠 되기, 입장 바꿔 생각하기 등 결혼 생활 주제의 연수 프로그램 이수자에게만 혼인 자격을 부여하도록 제도화 할 필요가 있다고 생각해왔다.

그런데 전문가들도 '청소년기부터 좋은 부모가 되는 방법'을 가르쳐야 효과가 커지고, 소년원 등 잠재적 폭력 위험 집단에 대해서는 집중적인 교육이 절실하다는 주장을 하고 있다.* 나아가 온·오프라인에서 부모 교육을 받으면 무료 검진 등 혜택이 따르는 인센티브를 주고, 출생 신고 때는 건강가정센터 등에서 부모 교육을 받도록 의무화 할 필요도 있다.

올해부터 본격 시행되는 중학교 자유 학기제 시간에 자율학습 과

---

* 중앙일보, 2016.1.20, 14면

제로 선정하거나, 수능을 끝낸 고3 학생을 대상으로 예비 부모 교육을 실시하자는 제안도 있다. 실제로 대구시 교육청은 2013년부터 학부모 교육에 매년 12억 원을 투입, 지역 대상 학부모의 28%가 참가하는 인기를 끌고 있다고 한다.

부산시 동래구에서는 정부의 지원을 받아 월 수강료 2만원으로 12개월 과정 부모 교육 프로그램을 운영하는 '공감과 성장'과 같은 전문기관도 있다. 자발적인 수요도 있고 공감도 또한 높을 뿐만 아니라 지방자치가 지향해야할 본래의 일이지만, 능력과 경험 탓에 미처 챙기지 못해 손톱 밑 가시처럼 안타깝게 느껴왔던 진정한 사회적 복지 수요다. 그래야 미숙 어른을 예방하고, 아이보다 못한 부모의 양산을 막아 사회적 비용의 획기적 절감뿐만 아니라 사회적 안정을 가져오는 매우 보람 있고 뜻깊은 일이기 때문이다.

2. 대화의 규칙

요한복음 첫 구절은 "태초에 말씀이 있었나니…"로 시작된다. 말씀The Word은 헬라어로 로고스Logos다. 로고스는 감성Pathos에 대응한 이성이란 뜻이다. 본래 존재하는 우주적 섭리의 관점에서 진리라는 의미도 지닌다. 하지만 말로만 한정한다면 바른 말, 옳은 말, 진리의 말이다.

그러나 이 진리의 말이 세상의 풍진과 섞이면서 '교묘한 말과 꾸민 얼굴빛(=巧言令色)'으로 둔갑하여 거짓말, 입에 발린 말, 험한 말로 변질된다. 온라인의 익명성 뒤에 숨거나 사회적 네트워크 서비스의 전파를 타면, 자칫 악담과 저주의 말도 공론이 되고 사회화 된다. 때로는 촛불의 신성과 야합하여 정치판을 넘나든다. 스스로 삼가고 경계하기 전에는 달리 막을 방법이 없다.

생각해보니 대학까지 16년 재학 기간 중 영문법이다 국문법이다 해서 문법은 매우 강조한 것 같은데, 말하는 법이나 토론 수업을 가져본 기억이 별로 없다. 나만 그런가? 그렇지 않고 모두의 문제라면 지금이라도 서둘러야 한다.

교통 규칙이 없다면 어떻게 될까? 도로는 금세 난장판이 될 것이다. 마찬가지로 말하는 규칙이 없으면, 토론장은 뭇 사람들이 서로 자기 말을 하느라 중구난방衆口難防이 되고 만다. 그 때문에 국회 의사당이 늘 도마 위에 오르지만 여전히 안타까운 수준에 머물고 있다.

그런데 왜 지금에 와서 악담, 흠담, 비방으로 오염되어온 언어의 정화 문제가 불거졌을까? 그간 큰 이슈감이 못되었던 것은, 많은 약점에도 불구하고 가부장적인 가정교육이 남아있었다. 민주주의의 권리보다 의무와 책임이 막중함을 아는 어른들이 중심을 잡고 있었기 때문이다.

말 한마디로 천 냥 빚도 갚을 수 있도록 소중한 말을 본디의 자리로 되돌리고, 말로 시작해서 말로 끝나는 일상생활에서 가시 있는 말, 상처 주는 말, 해서는 안 되는 말을 체를 치듯 잘 골라내, 격려하고 위로하는 말, 감사하고 정을 나누는 말, 힘을 주고 신명이 나게 하는 말을 일상의 습관으로 만들 수는 없을까?

'말이 씨가 될까' 조심하고, "가만 있으면 중간은 된다!"며 말문을 닫고, "말이 아니면 듣질 마라!" 해서 귀를 닫고, "같은 말이라도 '아' 다르고 '어' 다르다"며 머뭇대고 있다면, 언어를 가장 중요한 소통 수단으로 또는 생존 조건으로 삼는 현대사회에서는 살기가 어렵다.

이처럼 규칙이 없는 탓에 각자 알아서 말하거나, 알음알음으로 터득하는 도리 밖에 없는 대화의 규칙을 생각하다가 한 권의 책과 만났다. 샘 혼Sam Horn이 쓴 『적을 만들지 않는 대화법』(갈매나무, 2015)이다. 대화의 기술 56항목을 의역해서 압축하고 줄여 에센스를 살려보니 다음과 같다.

〔상대의 입장에서 생각하는 역지사지易地思之에서 출발한다. 당연히 한 걸음 물러나 아래에 서게 된다. 한 걸음 물러서야Under-stand 이해가 되고, 입장을 바꿀 수 있기 때문이다.

적을 없애는 가장 확실한 방법은 친구로 만드는 것이다. 할 말을 생각하며 한 번, 듣는 사람의 입장에서 필터링하며 한 번, 이렇게 두 번 생각한 뒤에 말한다. 원하지 않는 바를 말하지 말고, 원하는 바를 말한다.

즉각 대응하지 말고 5초의 여유를 가진다. 혼쭐이 날 화급한 상황에서, 의외의 관용처럼 반전을 만날 때 감동이 일어난다. 성난 얼굴을 기대했는데 의외로 만나는 위로의 손길은 따뜻할 수밖에 없다. 대화의 규칙 네 가지를 명심한다.

하나, 절대로 해서는 안 되는 말을 삼간다. 예를 들면 부부 사이에는 이혼, 욕설, 옛날 일 들추기 등을 피하고, 규칙 어기기 일보 직전 경계경보를 발령한다. 성급한 'Yes or No'가 아닌 '잠깐 생각Po'을 구호로 한다.

둘, 핵심 가치나 목적 또는 목표를 먼저 생각한다. 가정엔 화목, 친구 간엔 우정, 회사엔 기업의 가치 등등 가장 중요한 핵심 개념이 있다.

"이 말과 행동은 과연 우리의 목적이나 목표에 도움이 되는가?"

예컨대 행복은 싸움에서 이기는 것이 아니라 도리어 싸움을 피하는 것이다. 멋진 퇴각은 그 자체가 승리보다 낫다. 특히 부부 싸움의 대부분은 '탓하고 비교'하는 사소한 일이 발단이다.

"우리는 한 팀이다. 의견은 다를 수 있지 않는가? 논쟁으로는 설득할 수 없다. 화가 나서 견딜 수 없다고 느낀 사람이 먼저 타임을 선언하고 잠깐 나갔다 온다. 여기서도 Yes나 No가 아닌 잠깐 생각이란 뜻의 Po를 생활화 한다. 막다른 골목을 피하고 어떻게 할까를 같이 궁리한다."

셋, 민감한 주제에 대응한 평화 유지의 원칙을 정한다. 남의 의견에 정면 부인을 하지 않는다. 낮지만 침착한 목소리를 유지한다. 과거 대신 미래에 초점을 둔다.

넷, 거친 언행에는 녹음을 하거나 노트에 적는다. 무례함의 해독제는 기록이다. 언어 평화의 3원칙이 있다.

"아는 것 다 말하지 않는다. 보는 대로 다 판단하지 않는다. 스스로 결정하도록 한다."

예단과 편견은 닫힌 마음에서 비롯되기 때문이다. 남의 믿음과 습관을 이해하려는 긍정적이고 진실 된 자세에서 출발해야 한다. 사회생활에서도 마찬가지다. 예약이 중복되었다. 이처럼 난감한 상황에서라도 같이 쓰는 방법은 없을까 하고 함께 의논하면 해답을 찾을 수도 있을 것이다.]

그리고 설득에도 다섯 가지 지킬 바(=5원칙)가 있다.

하나, "회의적인 생각으로는 어떤 전쟁에도 이길 수 없다"는 아이젠하워의 말을 기억하고 긍정적 기대로 접근한다.

둘, 예상되는 반대를 먼저 말한다. '이렇게 주장하거나 이러한 상황도 생각할 수 있겠지만…'처럼 반대도 알고 있다는 점을 강조한다.

셋, '하나, 둘'번호를 붙이며 말한다.

넷, 상대의 관심어로 말한다. 나의 입장이나 관심이 아니라 상대가 중요하게 여기는 돈, 명예, 권력, 지위, 명성 등 상대의 가치를 중심어로 한다.

다섯, 상대의 동기를 이끌어 낸다. 말이 물을 마시게 하려면 목마르게 해야 하듯이 말이다. 강제로 되는 건 없다. 스스로 깨닫게 이끌어 가야 한다.

만일 실패할 경우에는 재도전 3계명(3R)이 있다.

"Retreat(=일단 후퇴): 일단 침착하고 부드럽게 물러난다. 그래야 반전이 가능하다. Revaluate(=재평가): 거부당한 이유를 하나하나 정리하고 부족한 점을 보완한다. Re-Approach(=재도전): 상대의 관점과 입장에서 이해와 공감의 촛불을 켜고, 원하는 바와 상황을 그리며 타이밍에 맞게 다시 접근한다."

아울러 사람을 얻는 4단계 대화법을 익힌다.

하나, 만날 사람을 상상해서 라포르Rapport를 통해 신뢰를 쌓는다. 둘, 할 말의 요점을 정리하고 예습한다. 셋, 미소 띤 얼굴로 상대의 표정을 보며 당신을 좋아하고 있습니다는 표정이 실리게 한다. 넷, 경청이다.

래리킹이 말한 대화의 법칙 또는 "FAMILY" 법칙에서 지적하는 5가지 Friendly, Attention, Me too, Interest, Look, You are centered 태도를 지킨다.

경청에는 123법칙도 있다. 자신의 의견 하나를 말하면 상대에게 두 번의 기회를 주고 동조와 공감을 표하며, 세 번 맞장구를 치는 것이다. 그리고 대화하면서 7가지 기쁨도 주고받을 수 있다.

밝고 환한 얼굴, 격려가 담긴 고운 말, 맑고 정겨운 눈길, 상대를 알아주고 위하는 마음, 몸을 낮추는 낮은 자세, 상대의 성품과 상황을 헤아려 행동하는 살핌 등 물질이 개입되지 않으면서도 좋은 일을 할 수 있는 기회는 매일 주어지고 있다. 하지만 과연 실천하고 행동으로 옮기고 있는가?

마지막으로 어려운 상황이나 궁지에서 벗어나는 지혜를 익힌다.

첫째, 대화가 궁하면 순발력과 유머로 대응한다. 평소 자기 관리 노트에 상황별 재치 어록을 만들어 놓고 연습하는 것도 대안이다.

둘째, 슬픔이나 고민에 빠진 사람에게는 애써 위로하려 들지 말고 거울로 비춰주듯이 되묻거나 공감해주기, 그냥 맞장구치기 등이 좋다고 한다.

셋째, 일이 잘 안 될 때에는 이것도 '곧 지나가리라', '기쁨 잠깐, 슬픔 잠깐', '구름에 달 가듯이 가는 나그네'처럼 삶의 이유나 자신의 철학을 다지면 시련과 난관도 잘 견딜 수 있다.

넷째, 우정이나 사랑에도 수선과 변화가 필요하다는 점을 인지한다.

다섯째, 새로운 일은 익숙하지 않고 어색하기 때문에 포기하기 쉽다. 어색함을 극복하고 계속 시도해서 몸에 익숙해지도록 노력해야 한다.

의지는 나약할 때 다지는 것이고, 집중은 흐트러짐을 막고자 시도하는 처방이다. 알면서도 누구나 다 하지 않는 까닭에 실천하는 사람만 빛을 보는 것이다.

결론은 생활 현장에 접목해서 유명해진 '상인의 자질'로 대신한다. 다음 세 가지로 요약된다. 바람직한 대화의 기본이란 점에서 주목할 만하다.

하나, 쉽게 화내지 않고 외양은 부드러우나 속내는 강인하다. 둘, 심리 분석에 철저하고 천부적인 칭찬의 달인이다. 셋, 특유의 붙임성을 터득하고 친화력이 뛰어나다.

여기에 하나 더 사족을 단다면 황희黃喜 정승의 검은 소, 누렁 소 이야기다. 황희가 어느 날 시골길을 가다가 소 두 마리로 밭을 고루고 있는 농부를 만났다. 심심파적으로 농부를 향해 몇 마디 던졌다.

"여보 그 두 마리 소 가운데 어느 놈이 일을 잘 하오?"

농부는 들은 척도 않고 묵묵부답이다. 황희는 민망하기도 해서 "고이얀 놈이로구나. 귀머거린가?"하고 혀를 차며 걸음을 재촉한다. 조금 지나 숨을 헐떡거리며 그 농부가 쫓아온다.

"아이고, 죄송합니다. 아무리 말 못하는 짐승이지만 한 놈이 못하다는 말을 차마 할 수가 없어서 대답을 못했습니다. 어르신, 헤아려 주십시오. 사실은 검은 놈이 꾀를 잘 부리고 누렁소가 일은 더 잘 합니다요."

그제야 황희는 큰 깨침을 얻었다. 말 못하는 짐승일지라도 비하하거나 차별하지 말아야 된다는 농부의 귀엣말이 새삼 크게 가슴을 울린 것이다. 어느 누구라도 인격적으로 존중받을 권리를 가지고 있다. 상호성의 법칙에 따라 상대방을 내가 먼저 존대할 때, 나의 인격도 지켜지는 것이다. 지금 이 자리가 출발점이다. 미루지 말고 지금 당장 시작해보자.

3. 칭찬의 미학

우연한 기회에 인터뷰 기사에 쓸 사진을 찍을 일이 생겼다. 예의 지정된 스튜디오엘 갔다. 매번 촬영할 때마다 만나는 껄끄러움과, 늘 듣는 잔소리는 겪어봐서 잘 아는 일이다. 캐주얼에 익숙한 지 오래다보니 모처럼의 정장은 처음 입는 옷처럼 부자연한 느낌까지 보태고 있었다.

보지 않아도 안면 근육의 긴장도는 가짜 냄새를 물씬 풍기고 있었을 터이다. 그런데 사진작가의 유도는 나의 예단을 벗어나 갑자기 감탄 모드로 돌변하고 있다.

"아, 선생님, 잘 하고 계십니다. 많이 해 보신 모양입니다. 잘 나오고 있어요. 탤런트 이상이세요. 아주 좋아요. 안경테를 잡아보세요. 더 좋습니다. 아주 잘 나오고 있습니다. 이만큼 잘 나오는 사진 찍기 어렵습니다. 굉장히 자연스럽네요."

추임새에 맞춰 나는 처음으로 어색하지 않은 포즈를 취할 수 있었고, 기분 좋게 촬영을 마칠 수 있었다.

"역시 프로는 다르구나. 나를 장난감 병정 다루듯이 리모트 컨트롤 한 힘은 어디에서 나왔을까?"

비로소 나를 이끈 힘의 원천이 무엇인지 궁금해졌지만, 곧 알아차렸다. 칭찬의 힘이다.

누구나 다 알고 비밀이 없어 보이는 칭찬의 위력을 왜 다른 사람들은 여태 쓰지 않고 아끼고만 있을까? 칭찬을 알아가는 중에 재미난 사연을 만난다. 아들 둘을 둔 어느 주부의 말이다.

세 부자가 뱀허물 벗듯 아무렇게나 벗어 던지는 빨래더미 때문에 신경이 곤두서는 일이 잦았다. 야단도 소용없고 '빨래는 이곳에'라고 써 붙이고, '환경 개선통'이라며 이름표를 달아 놓아도 막무가내였다. 하루는 남편이 벗어 던진 빨래감이 골대에 멋있게 꽂히는 공처럼 용케도 쏙 들어가는 일이 생겼다.

순간 화를 참고 "와, 당신 대단해, 어떻게 그렇게 귀신같이 잘 넣어!"라면서 고함 대신 칭찬을 날렸다. 이후 세 부자는 약속이라도 한양 '슛 골인'은 날래지고, 빨래감은 어김없이 통 속으로 날아들고 있었다. 드디어 쓰레기가 사라지고 주변은 절로 정화가 된다.

다음은 스미스소니언박물관에 보관되어 있다는 링컨의 유품 이야기다. 링컨이 암살된 날 그의 호주머니에서 세 가지 물건이 나왔다. 그의 이름을 수놓은 손수건 한 장, 시골 소녀가 주었다는 주머니칼, 그리고 헐어빠진 신문 쪽지 하나다. 그 신문지는 달아 찢어지기 직전이었지만 "링컨이 최고야!"라는, 그를 격려하는 내용이 들어 있었다.

정적政敵으로부터 고향을 빗댄 '스프링필드의 원조 고릴라'라는 놀림도 당하고, '나라의 망신'이라며 인격적인 모독을 해도 특유의 수염 속에 은은한 미소를 머금고 유머를 뿜어내던 링컨이었다. 하지만 그를 굳건히 버티게 해준 것은 역시 칭찬의 힘이었다. 이처럼 칭찬은 영혼에 걸어주는 훈장처럼 빛난다.

운동선수는 응원 소리에 젖 먹던 힘까지 낸다. 해서 칭찬이란 제목의 책을 찾다가 나이트 요시히토가 쓴 『칭찬의 심리학Praise Psychology』이 눈에 들어왔다. 칭찬의 미학이란 부제를 달아주고 싶었다. 새삼 들장미의 아름다움이나 야생화의 존재를 발견하는 감동이 일었다. 그 가운데 칭찬의 기본을 다룬 부분이다. 모두 10개다.

〔하나, 논리로는 설득이 안 된다. 과장하지 않고, 있는 그대로 일상에서 칭찬한다. 시간 참 잘 지키시네요, 정확하십니다, 글씨체가 좋네요, 친절하시네요, 문서작성이 깔끔하네요.

둘, 한 번 칭찬한 사람을 뒤에 험담하면 신뢰를 잃는다. 일관성을 유지하라.

셋, 칭찬에도 신선도와 타이밍이 있다. 기분 좋을 때 그 자리에서 즉시 칭찬하라.

넷, 칭찬을 부정하면 다시 부정한다. 그래도 매력적이야, 멋있어. 부정의 부정은 긍정이다.

다섯, 상대에 대한 프레이밍Framing을 바꾸면 콤플렉스도 칭찬할 수 있다. 상대의 언행에 대한 관점을 바꾸어 생각의 틀Frame을 변경하는 기술이 프레이밍이다. 다변가는 박학다식한 사람, 말 많은 사람은 참 쉽고 재밌게 말하는 사람, 무뚝뚝한 사람은 과묵해서 신뢰할만한 분 등으로 관점을 수정하면 된다. 프레이밍을 활용하면 절대 악인 전쟁도 과학 기술의 발전에 기여하고 평화의 가치를 가르치는 반면교사反面教師라고 미화할 수 있다. 결점도 매력이야, 그 점이 맘에 들어, 도움이 컸어.

여섯, 칭찬은 무의식에 작용한다. 스치며 지나치는 칭찬이 큰 힘을 지닌다. 작은 여울과 가녀린 여운이 잠재의식에 각인을 남긴다. 늘 칭찬거리를 찾자. 패션 디자이너에게 옷맵시는 칭찬거리가 못된다. 상상을 넘어서는 다른 면, 예컨대 글씨도 예쁘게 쓰시네요, 손가락이 예쁘네요와 같이 기대를 뒤집는 발언에 흥미를 느낀다.

일곱, 냉소적인 의미는 없는지 듣는 사람의 입장에서 먼저 필터링한다. 일은 잘하네? 인물은 좋은데, 목소리는 예쁜데, 그 때는 잘 했는데? 여기에 '은'대신 '도'를 넣어보자. 어감이 달라지지 않는가?

여덟, 부탁이나 상담, 의논하면 기쁨을 준다. 이것 좀 해줄래? 어린 아이한테도 명령 아닌 부탁을 하면 기뻐한다.

아홉, 인사도 칭찬이다. 분명하고 상냥하며 밝은 인사를 하는 사람은 호감도가 높다.

열, 먼저 칭찬한다. 감동을 주면 더 큰 메아리가 돌아온다. 칭찬 받을 때 잘 받으면 상대가 자꾸 칭찬하고 싶어진다. 둘만이 있는 자리가 칭찬하기 가장 좋은 기회다.]

이처럼 칭찬의 기본을 따라가면 절로 그 수준이 올라가 의미 있는 칭찬, 유형별 맞춤형 칭찬으로 발전하게 된다. 순발력이나 감각에 의존하지 말고, 자신만의 노하우를 발견하는 기쁨을 가지면 재미가 쏠쏠할 것이다. 칭찬은 주위를 훈훈하게 하며, 힘들이지 않고 좋은 일

할 수 있는 비결 중의 하나다.

내가 이태리 여행 중에 만난 성악가 한 분의 말씀이 되살아난다.

"이곳에는 스트레스가 별로 없습니다. 말끝마다 '브라보'를 외치니까요. 우리 같으면 즉답이 나와야 하는 더하기를 한참 만에 답해도 '브라보', 모든 언어가 최고의 찬사로 되어있는 것 같아요. 카사노바적인 언사가 생활이 된 거죠. 한 번은 우리 아이가 어떤 일로 상을 받는데, 주위 또래들이 자기 일인 것처럼 기뻐하고 칭찬하면서도 아무도 부러워하지 않는 분위기더라고요. 아마 이렇게 칭찬 모드로 생활하는 문화가 장수의 비결이 아닌가 합니다."

이태리나 우리나 평균 수명은 별 차이가 없지만, '헬조선'이라며 자학하는 풍토나 삶의 질이 문제다. 어린 시절, 긍정적인 암시를 받고 칭찬을 받으면서 자란 아이는 떡잎부터 다르지 않을까?

그런데 언제부터인가 가정교육은 주눅 든 가장의 권위처럼 맥을 못 춘다. 학교에서도 인성 교육은 뒷전이고, 사회 교육마저 종적을 감췄다. 나이 든 이는 한갓 늙은이에 불과하고, 경륜의 말씀도 넋두리로 치부된다.

하지만 그럴수록 입장 바꿔 자신을 돌아보자. 혹 방법엔 잘못이 없는지, 정말 마음이 아픈 아이에게 왜 아프냐고 야단치는 어른은 아닌지, 스스로 반성하며 칭찬으로 다가가면 아마 귀를 열 것이다.

미소 띤 얼굴로 마음을 열고 있는지, 지루하지 않은 말인지, 지금이 그 말을 할 타이밍인지, 듣는 이의 입장으로 여과한 바른 칭찬인지, 기왕이면 감동을 주는 말인지 생각해보고 말하는 연습부터 시작하자. 때늦은 지금이 가장 빠른 날이고, 다 늙어빠진 지금 이 자리가 남은 생애의 가장 젊은 날이 아닌가?

끝으로 칭찬에는 왕도王道가 없다. 어디서든 모방하고, 좋은 말은 노트에 적어 연습하고, 칭찬 노트를 만들어 서로 교환해 보이며 자랑하는 모임을 갖거나, 어떤 회의이든 본론에 들어가기 전에 한 사람씩 '칭찬 1분 스피치 주고받기'부터하고 출발하면 어떨까? 처음엔 어색하겠지만 점점 상대의 장점에 주목하게 되고, 긍정적인 시각을 갖는 계기도 되지 않을까 기대된다.

4. 하루를 살피는 세 가지 기준

[日三省하고 須三知하면 亦三果하나니, 하루에 살필 세 가지 기준日三省은 마음의 중심忠을 잡고, 믿음信을 주며, 익혀習가고 있는가 스스로 묻는 것이다. 그리고 꼭 알아야 할 세 가지須三知는 사명으로서의 할 일(爲=命), 인간답게 바로 서는 도리(立=禮), 그리고 살핌에 필요한 지식과 말(知=言)이다. 그리하면 세 가지 보람亦三果을 얻는다. 첫째는 배우고 익히는 기쁨인 희열悅이고, 둘째는 만남에서 오는 즐거움樂이며, 셋째는 이해를 초월하면서 얻는 편안한 마음安이니라.]

> *일삼성(日三省)=반성의 세가지 기준과 거울=마음의 중심을 보는 거울, 믿음의 거울, 학습의 거울
> *꼭 알아야 할 일(須三知)=할 일(爲=命)+도리(立=禮)+지식(知=言)
> *세 가지 보람(亦三果)=희열(悅)+즐거움(樂)+편안한 마음(安)

위에서 하는 말은 『다석 강의多夕講義』 제2강에 나오는 한 구절이다. 『다석 강의』는 YMCA에서 30년 넘게 다석 유영모 선생이 담당한 연경반研經班 강의 가운데, 1956~1957년에 걸친 녹취록에서 진수를 뽑았다.

그의 직直제자들 모임인 다석학회가 엮고, 도서출판 현암사에서 펴낸 1천여 페이지의 두툼한 책이다. 책의 볼륨에서 오는 중압감에다, 표지에 나오는 신선 모습의 선생 사진을 보면 겁부터 난다.

몸을 사려 조심조심 한 걸음씩 발을 들여놓는다. 어느새 무서움은 봄 눈 녹듯 사라지고, 무언가 온후한 힘에 이끌린다. 한겨울, 아랫목 할아버지의 화로자리까지 다가간다. 어느새 할아버지의 무르팍에 앉는다. 할아버지의 품안은 아늑하고 포근하다. 기가 뿜어 나와 기쁨으로 번진다.

'오! 늘' 있는 소식을 들으면 어제도 아니고 내일도 아닌, '오!' 감탄하며 깨닫는 '늘' 있는 그 자리가 '오늘'이 됨을 안다. 그를 일컬어 왜 한글 학자가 아닌 한글 철학자로 말하는지 알만 하다. 소리글자인 한글을 뜻글자처럼 해석하고 있으니 말이다.

사람이 사람답게 사는 길이나 어떻게 살지는 늘 듣고 묻는 소리지

만, 신통한 풀이를 빙자하고 난해한 질문만 늘어놓아 더 어렵게 만드는 주제다. 그러한데도 선생은 동서양을 아우르며 물 흐르듯 설명하고 있다. 에센스만 따온다.

〔하루하루를 온전하게 바로 살면 됩니다. 그러자면 내가 지금 어떠한지를 살펴보아야 되겠지요. 증자曾子가 말한 일삼성日三省이 그런 말인데, 오해가 있습니다. 하루 세 번이란 횟수가 아닙니다. 나의 몸과 마음 또는 얼을 살펴보는 기준이요, 잣대가 세 가지란 말입니다.

첫째는 다른 사람을 생각함에 있어 곧고 빈 마음으로 중심忠을 잡고 있나 묻는 것이고, 둘째는 다른 사람이나 특히 친구 사이에 믿음信을 주고 있는지 살펴보는 것이며, 셋째는 마음의 중심忠과 믿음信을 이어가려면 익히고 키워가야 하는 습習이 필요합니다.

습자는 날개 우羽 밑에 스스로 자自를 쓰는데, 새끼 새가 어미 새 하는 모습을 보고 스스로 날마다 배우듯이 익힌다는 뜻입니다. 그러니까 하루를 살피는 기준은 마음의 중심을 세웠는가, 믿음을 주었는가, 배우고 익히고 있는지 자신에게 묻는 세 가지 질문입니다.

다음으로 바로 살기 위해 꼭 알아야 하는 세 가지가 있습니다. 논어의 끝부분 요왈堯曰편 마지막에 나와 있습니다. 첫째는 천명天命을 아는 것이지요. 이 세상에서 해야 할 일이 무엇인지, 왜 세상에 나왔는지, 자신의 사명을 아는 것입니다.

두 번째는 차례나 순서 또는 질서를 가리키는 예의禮義입니다. 지켜야 할 기본적인 도리나 행실이 바르지 않으면 사람으로서 바로 설立 수가 없지요. 반듯하게 바로 서려면 꼭 필요한 것이 규칙과 도리를 말하는 예禮라는 말씀입니다.

세 번째는 옳고 그런 말言을 가려서 들을 줄을 알아야 사람을 제대로 알아차릴 수가 있습니다. 말言은 물건과 물건 사이, 사람과 사람 사이의 관계를 밝혀주는 이치상관理致相關을 알려주기 때문입니다.

다시 말해서 반듯하게 바로 살려면 세 마디, 명命과 예禮 그리고 말言이 필요한데, 명命=할 일爲이요, 예禮=바로 섬立이고, 말言=앎知이 되므로 할 일爲, 바로 섬立, 앎知, 이렇게 세 마디로 바꿀 수가 있습니다.

풀어 말하면 나의 사명Mission이나 할 일爲을 알고, 사람으로서 지켜야 할 기본적인 도리禮를 알게 됨으로써 바로 설 수 있고, 그리고 말을 제대로 알아들어 사람을 가려볼 수 있도록 '알아야知 되겠다'는 것입니다. 그러고 나면 세 가지의 보람을 거두게 됩니다.

『논어』의 제1 학이學而편 첫 글에 나오지요. 배우고 때때로 익히면 기쁘지 아니한가學而時習之면 不亦說(悅)乎아, 그리운 벗이 먼 길을 찾아오면 이 또한 즐겁지 않겠는가有朋自遠方來면 不亦樂乎아, 그리고 남이 나를 알아주지 않더라도 노여워하지 않는 것이 철든 사람의 도리가 아니겠는가?(人不知라도 而不慍이면 不亦君子乎아)

여기서 남이 나를 알아주지 않음을 탓하지 않고 오히려 내가 남을 몰라주는 것을 걱정하라고, 한 걸음 더 나아가면 생사 이해를 초월한 안심입명安心立命으로 이해할 수 있습니다.

그래서 세 가지 보람은 배우면서 익히는 기쁨 곧 희열이 첫째요, 그리운 사람을 만나는 즐거움이 둘이며, 세상사 이해를 벗어난 편안한 마음安心이 세 번째가 됩니다. 그러나 설명을 위해서 하나 둘 갈라놓았지만, 사실은 모두 하나에서 나옵니다.

마음의 중심忠이 반듯하게 서 있으면 신뢰信를 주지 않을 수 없고, 중심이 서 있고 신뢰를 주는 사람은 갈고 닦아 익혀갈習 것이기 때문에 하나라고 말하는 것입니다.

그 다음 할 일爲과 사명命을 아는 사람은 인간적 도리인 예의禮를 알아 바로 설立 수 있는 사람이요, 그런 사람은 이치 상관을 말해주는 말言을 알고 바른 사람을 알아보는 힘을 가진 '아는 사람'이 됩니다. 그래서 할 일을 알고, 바로 섬을 알고, 말을 알아 옳은 사람을 가려본다는 말은 모두 같은 뜻이니 하나가 되는 것입니다.

그 결과 거두는 희열이나 즐거움이나, 태연하고 편안함이나, 이 모두 같은 것이니 하나가 된다는 말씀입니다. 말하자면 '오! 늘'(오늘) 쭉 가는 길, 바로 도道가 되는 거지요.」*

유학儒學은 사실 생활 철학이고 행동 과학이다. 그 출발은 제 몸을 먼저 닦는 것이다. 여기서 몸이란 정신과 얼을 말한다. 닦기 위해서는 스스로 자신을 돌아보아야 하는데, 먼저 세 가지 기준으로 살펴보아야 한다.

---

* 다석학회, 다석강의, 현암사, 2006 pp33-54

마음에 중심이 섰는가, 남에게 신뢰를 주고 있는가, 쉬지 않고 갈고 닦았는가, 일러 일삼성日三省이다. 플랭클린도 자손에게 삶의 지혜를 전하기 위해 쓴 자서전에서 피다고라스의 금언집이 권하는 하루 세 가지 기준*으로 반성日三省하며, 하나씩 익혀 나간 결과라고 고백하고 있다.

바로 살고 반듯하게 서고 싶은가? 그러면 꼭 세 가지를 알아라. 이 세상에 태어난 사명과 할 일을 알고, 인간 도리인 예를 알아 바로 설 줄을 알고, 말귀를 알아듣고 사람을 가려 보는 눈을 가져야 한다. 이른바 수삼지須三知다.

그 결과로 거두는 것이 희열이요, 즐거움이며, 태연자약하고 안심입명하는 온전한 마음이다. 바로 역삼과亦三果다. 다석 선생 강의를 통해 유학의 핵심을 쉽게 배워가기에 반복 학습 기법으로 거듭 말하며 공부삼은 것이다. 그러나 얕은 지식 탓에 그 의미를 혹 흐리게 하지는 않는지 배울 때마다 걱정이 앞선다. 하지만 자신이 알고 있는 지식이 제대로 된 앎인지 늘 경계하는 태도 또한 마장魔障이 아니라 당연한 문제의식이리라.

---

* "하루 행동을 세 가지 측면에서 반성해 보지 않으면 잠들지 말라. 규칙에 어긋난 일이 있는가? 오늘 한 일은 무엇인가? 할 일을 빠트린 것은 없는가?"

5. 인간의 다섯 가지 도리五常

세간의 이야기에 귀를 열면 사람들이 늘 하는 말이 있다.

"천하의 기본은 나라에 있고, 나라의 근본은 가정에 있으며, 가정의 기초는 그 사람의 몸에 있다."

수신제가修身齊家가 먼저고, 연후에 치국평천하治國平天下다. 어느 시대나 맞는 말이지만, 바른 말일수록 오래 들으면 지겹다. 감동 없이 강제하면 더 멀어진다. 결국은 자기 관리요, 개인의 성격과 인격, 성품으로 불리는 인성의 문제다.

인성人性의 기본은 무엇일까? 사회생활을 전제로 하면 사람과 사람의 관계, 너와 나 사이에 꼭 필요한 그 무엇이다. 다른 환경에서 자란 사람 사이에는 서로의 다름을 인정하고 받아들이는 사랑이 필요한데, 그 사랑을 인仁이라 한다. 인은 두 사람, 곧 너와 나 사이에 있어야 할 그 무엇이고, 그 무엇이 바로 사랑이기 때문이다.

인은 갈등하고 반목하기 쉬운 나와 너를 연결하여 우리로 만드는 연결고리다. 인은 인간이 항상 지녀야 할 다섯 가지의 도리를 말한 오상五常의 출발이요, 사회적 질서의 기본 윤리라는 뜻에서 오륜五倫으로 발전되었다. 인은 곧 오상인데, 오상은 인간의 본성인 사단四端에다 사람 사이의 관계를 유지하는데 꼭 필요한 믿음信을 합친 것이다.

성선설性善說의 바탕은 사단이다. 인간은 착하게 태어났다는 전제로 "자, 보라. 그 근거 또는 단서端緒는 네 가지다", 그래서 사단이라

한다. 사단은 본래 태어날 때의 기본 성징理性이고, 도덕적 감정이다.

불쌍한 사람을 보면 측은한 마음惻隱之心이 생기지? 이것이 어진 마음, 인(좁은 의미의 仁)이다. 그리고 자신이 옳지 못함을 부끄러워하고 남이 착하지 못함을 미워하는 마음羞惡之心을 의義, 겸손하고 사양하는 마음辭讓之心이 예禮, 옳고 그름을 가릴 줄 아는 마음是非之心을 지智라 한다. 그런데 지智는 그냥 아는 것知에 그치지 않고 행동하는 지성, 곧 지행합일知行合一하는 슬기요, 지혜를 말한다.

---

*본성(本性)의 기본=인(仁)=너와 나 사이의 그 무엇, 곧 사랑
*인(仁)의 유지조건=사단(四端)=협의의 인(仁)+의(義)+예(禮)+지(智)
*측은, 자비심+수치, 정의심+사양, 포용심+시비분간, 양심→인간본성
*사단(四端)+믿음(信)=오상(五常)→오상의 사회적 실천윤리=오륜(五倫)

그러나 착한 마음 바탕인 본성은 곧 이성인데, 세상을 사노라면 이성이 기로 바뀌어氣化 움직인다. 하고 싶은 욕심이 일어나기 때문이다. 욕심은 식욕, 색욕, 명예욕, 재물욕, 수면욕 등 다섯 가지라 오욕五慾*이라 한다.

오욕이 발동하면 일곱 가지 감정, 칠정七情이 일어난다. 희(喜: 기쁨), 노(怒: 노여움), 애(哀: 슬픔), 구(懼: 두려움) 또는 낙(樂: 즐거움), 애(愛: 사랑), 오(惡: 미움), 욕(欲: 욕심) 등으로 나타나는 것이다. 그러니까 칠정은 자연적인 일상의 감정이다.

---

* 바라는 상태는 욕(欲)이나 소유, 집착으로 마음이 강하게 움직인 상태를 욕(慾)으로 구분하는 듯하다.

*인간 본성→세속화 과정에서 욕심 발동=오욕(五慾)
*인간욕구의 원천=오욕=식욕+색욕+명예욕+재물욕+수면(편리, 휴식)욕→ 　칠정(七情)
*칠정=기쁨(喜)+성냄(怒)+슬픔(哀)+즐거움(樂)+사랑(愛)+미움(惡)+욕심(欲)

　아래 그림처럼 칠정은 기쁨과 노여움, 슬픔과 즐거움, 사랑과 미움이 각기 쌍을 짓고, 그 가운데 욕심이 자리 잡아 서로 긴장하고 갈등하는 모습을 보인다. 욕심은 자칫 탐욕으로 발전한다. 더 갖고, 더 하고 싶은 탐욕은 오만, 조급을 부르고, 끝내 성내고 슬퍼지며 미워지는 감정으로 일그러진다.

　하지만 자발적 가난처럼 욕심이 탐심으로 요동치지 못하도록 겸손, 절제, 여유로 자기 관리에 철저하면 바람은 가라앉는다. 기쁨을 꼭짓점으로 즐거움과 사랑을 아래 두 점으로 연결하는 삼각구도가 나타난다. 사랑하고 즐거워 기뻐하는 모습이 보인다.

　자신의 저서 『자발적 가난』(그물코, 2006)에서 "문명화의 핵심은 욕심을 확장하는 것이 아니라 인간의 본성을 정화하는 것"이라고 말하는 슈마허(Ernst Friedrich Schumacher, 1911년~1977년)의 지적에서 분명해진다. 그러나 일상에서는 착한 심성의 단서가 되는 사단이 악의적인 눈에 의해 왜곡되기 쉽다. 측은한 마음을 가진 사람을 우습게 보고, 의로운 사람한테는 적이 많으며, 옳고 그름을 가리는 사람을 경계하고, 겸손해서 사양하는 사람을 간사한 사람으로 오해하며, 신뢰하는 사람을 이용하려 들기 때문이다.

그럼에도 불구하고 욕심을 동기 유인으로 절제하면 옆의 두 번째 그림의 역삼각형처럼 기쁘고 즐겁고 사랑하는 좋은 감정이 유지되나, 사악한 무리에 대한 복수심으로 노여워 성내고 슬퍼하며 미워하는 부정적인 감정이 되면 도리어 탐심의 수렁에 빠지게 된다.

욕심은 바람처럼 나이나 시절 따라 변한다. 격랑激浪이 일면 탐욕으로 번지지만, 겸손과 절제, 여유로 욕심을 잘 다독이면 옆의 마지막 그림처럼 고요한 호반의 수면같이 평상심으로 살 수 있다. 그리하면 절로 사단에서 말하는 착한 심성으로 돌아간다. 양심을 회복하는 것이다.

중용中庸에서는 하늘의 뜻이 본성으로 이어지는 길을 천도天道라 한다. 그러나 인간은 육체의 힘으로 살아가기 때문에 육체를 어떻게 조종하느냐에 따라 그 사람 특유의 길인 사도私道, 곧 개성이 만들어진다. 그러니까 하늘의 뜻을 본성에 심어놓았지만 육체를 통해 성性을 발휘하는 과정에서 욕심이 생기고, 여러 가지 정情이 생겨나는 것이다.

본성-욕심-정으로 이어지는 과정에서 적절한 조절이 이루어지지

않으면, 정情이 그만 그 사람을 조종하기 시작한다. 본성은 차단되고 칠정七情이나 욕심이 주인이 되어버리면, 본성의 사단四端과 인간관계를 연결하는 신뢰信를 합친 오상五常이 붕괴되고 만다.

그래서 하늘의 뜻을 담은 본심을 회복하기 위해서는 망가진 길을 수리하는 수도修道를 통해 "바른 사람은 혼자 있어도 늘 삼가愼獨하고 깨어 있어야 한다." 수도는 나의 내면을 관조하듯이 비쳐보는 것이다.

앞에서 본 '하루를 살피는 세 가지 기준'(마음의 중심을 잘 잡고 있는가, 이웃에 믿음을 주고 있는가, 그리고 제대로 깨달아 익히고 있는가)으로 반성하고 꼭 알아야 할 세 가지(나의 사명, 사람의 도리, 합당한 지식과 말)를 알고 있는지 확인해간다면, 오상이 온전할 것이다. 설혹 천도가 망가졌더라도 복구되고 오상이 건재하면, 욕심에 휘둘리지 않고 본성에 근거한 착한 행동으로 정도正道를 실행하는 참사람이 될 것이다.

---

*오욕의 관리(자기관리)→겸손, 절제, 여유→착한 인성의 회복
*하늘의 뜻(天道)=본성→욕심→칠정(七情)
*칠정과 욕심→본성 차단→수도(修道)필요→혼자 있어도 늘 삼가고 깨어있음 (愼獨)
*수도(修道)→내면관조→세 가지 기준으로 반성하고 꼭 알아야 할 셋, 숙지→ 오상 온전
*오상 건재→절재, 겸손, 여유→본성 회복→착한 행동, 정도 실행→참 사람

그런데 절제, 겸손, 여유로움으로 본성에 따라 착한 행동과 바른 도리를 행하는 참사람이, 어딘가 허약해 보이고 경쟁력이 떨어지며 현실 적응에 부족한 사람이 아닐까 하는 의심이 생긴다. 결론부터 말하면 참사람은 매우 경쟁력이 높고, 창조적이며, 시대적 적응력도 뛰어나고, 스트레스에 대한 내성이 아주 높아 피로 사회에도 굳건히 이겨낼 수 있는 사람이다.

참사람은 약한 사람이 아닌 부드럽고 탄력적인 사람이다. 내면의 욕심을 절제로 이겨내고 휘둘리지 않는데, 어찌 내강한 사람이 아니겠는가? 오디세이아의 영웅, 오디세우스를 보라. 자신을 밧줄에 묶게 함으로써 사이렌의 유혹을 견뎌내는 절제의 모범생이 되었고, 마시멜로우 실험에서도 자제력은 성공과 직결되는 경쟁력임이 확인되었다.

플랭클린은 고작 2년의 정규 교육에도 불구하고 혼자 힘으로 독어, 이태리어, 서반아어, 아랍어를 습득하였다. 게다가 피뢰침을 비롯한 여럿의 발명가며, 프랑스 주재 대사를 지낸 정치가요 건국의 아버지로 추앙받았지만, 무척 소박한 삶을 살았다. 그는 절제를 첫 번째로, 겸손을 마지막으로 한, 13개의 덕목과 규율을 실천했다. 습관이 되니 괴롭기는커녕 외려 늘 즐거웠다고 한다.

절제는 플라톤과 아리스토텔레스가 활동하던 BC 4세기에도 매우 높은 관심사였다. 하지만 다양한 채널로 과잉 공급되는 유혹의 시대를 살아가는 현대인들에게, 절제는 평생의 과제요 생존조건 중의 하나다. 그러니 어찌 어릴 적부터 절제하는 방법을 가르침에 소홀할 수가 있겠는가? 절제를 배우면 탐욕에 의한 집착으로부터 자유롭고, 부담이 줄어져 주어진 과제에 대한 집중력이 높아진다.

창조가 뭔가? 정신 에너지를 응축시킨 폭발력으로 새로운 가치를 이끌어내는 게 아닌가? 그러니 참사람은 창조적인 사람이 될 수밖에 없다. 욕심이란 짐과 부담을 줄이고 내면을 관조하는 힘을 가지면, 큰 눈과 긴 호흡으로 인생과 시대를 볼 수 있다. 바로 시대적인 적응력이 높다는 말이다.

그리고 플랭클린의 덕목 마지막, 겸손은 예수와 소크라테스를 본뜨는 것이라고 했다. 절제하고 겸손하면 절로 여유가 생긴다. 홀가분해지기 때문이다. 스트레스도 가볍다.

스트레스에 가장 좋은 약은 감사함Appreciation이라고 한다. 찬찬히 생각하면 매일, 매사가 감사하다. 자신의 육체 어느 하나라도 고맙지 아니한 곳이 있겠는가? 이시형李時炯 박사는 '부자 건강법'에서 이렇게 권한다.

"무릎이 시원찮으면 무릎에게, 허리가 아프면 허리에게 말을 걸어보라. 자기 전에 '그래, 너 오늘 참 애썼다.'고 쓰다듬어 준다. 신체 부위 중 특히 발에 감사한다. 발은 맨 밑에서 가장 고생하기 때문이다. 엄지손가락으로 주무르며 '수고했다, 고맙다, 조심할게, 잘 부탁해'라고 말한다. 부자처럼 행복하게 장수하는 길, 당신의 선택에 달려있다."

이처럼 감사하는 마음으로 본성대로 살면, 욕심은 동기가 될 뿐 난동을 부리지 않는다. 필요한 만큼 취하고 만족하니, 매사 즐기고 사랑하며 기뻐하게 된다. 그런 사람은 사물을 밝게 본다. 사고는 긍정적이고 행동은 적극적이다.

이렇게 선순환 모드가 작동하면 절제하고 겸손하며 여유로워진다. 참사람은 바로 우리 모두가 원하는 성공 모델이다. 성공을 원하는가? 그리고 행복을 원하는가? 그러면 본심이 건재한 참사람이 되는 것이다. 오늘에 와서 더욱 소중한 가치로 거듭나니 온고지신溫故知新이 아닐 수 없다.

다시 입장 바꿔 생각하는 역지사지로 돌아가자. 인자함은 생색을 내지 않는 것이고, 옳고 그름은 심하게 주장하지 않는 것이며, 과대한 사양은 오히려 역효과가 날 수 있음에 유념해야 한다. 치우치지 않고 뽐내지 않으며, 무리하지 않도록 조화와 균형을 잘 잡아야 한다는 말이다.

오상을 사회적인 실천 윤리로 정한 것이 오륜五倫이다. 나라와 국민 사이에는 의義가 있으며, 부자 간에는 친親함이 있어야 하고, 부부 간엔 다름別이 있어야 하며, 어른과 젊은 사람 사이에는 차례序가 있어야 하고, 친구 사이에는 믿음信이 있어야 한다.

> *오륜=국민유의(國民有義)+부자유친(父子有親)+부부유별(夫婦有別)+장유유서(長幼有序)+붕우유신(朋友有信)

첫째, 의義란 양羊 밑에 나我를 두어 나를 희생양으로 삼는다는 뜻이다. 희생이 아니라 더 큰 나인 우리를 위해 작은 나를 버리는 것이다. 모든 권력이 국민으로부터 나오는 민주국가는 기본적으로 수평 사회다. 정치를 매개로 하여 나라는 국민에게 의로 대하고, 국민은 나라에 대하여 의로워야 한다. 오늘날 정의의 기초 개념이다.

둘째, 부모 자식 간에는 왜 친해야 된다고 했을까? 소원해질 위험이 높기 때문이다. 거듭 말하지만 친親자는 기다림의 뜻이다. 친하다는 것은 그립다는 말이다. 오랜 친구라도 그립지 않으면 참된 친구가 아니다. 너무 가까이 있으면 소홀해지고, 자주 만나면 함부로 대하기가 십상인 까닭이다.

그리워지려면 멀리 있고 자주 만나지 못하지만, 소통은 있어야 한다. 그리운 자식일수록 멀리 있어야 하는 이유다. 가까이 있더라도 만나면 기분 좋고, 또 만나고 싶은 사이가 되려면 '너'를 배려하고 늘 삼가야 된다. 영국에선 "예의를 지켜라"는 뜻으로 "Keep your distance", 일정한 거리 간격을 두라고 한다. 그래야 친해진다는 말이다.

셋째, 부부는 서로 다른 사람 간의 만남이다. 다른 환경에서 자랐고 다른 면을 가졌기에, 그 다름이 매력이 되어 부부의 연으로 이어진 것이다. 그 다른 면과 차이를 인정하고 존중하라고 유별有別이라 한다. 그 다름이 있어야 균형을 잡아주고 조화를 이루기 때문이다. 여기서도 적절한 거리 유지로 개인의 고유 공간인 프라이버시가 존중되어야 한다.

부부 간이라도 신비로움을 잃으면 매력이 상실된다. 너무 많이 보여주고 너무 가까워져, 결국은 멀어지고 싫어지는 경우가 이혼이다. 일찍부터 존대 말을 쓰는 것도 좋은 방법이다.

넷째, 윗사람과 아랫사람 사이에는 왜 차례와 질서를 강조했을까? 쉽게 무너질 수 있고, 자칫 중구난방衆口難防이 되기 쉬운 관계이기 때문이다. 이때의 윗사람은 단순히 나이 든 사람이 아니다. 어른을 두고 하는 말이다. 어른은 철들고 성숙해진 사람이다. "집안에 노인이 없거든 빌려서라도 모셔라"는 그리스 격언처럼, 어른은 지혜의 창고이고 아랫사람의 롤 모델이 되기 때문이다.

자, 이 대목에서 과연 나는 어른다운가? 아랫사람들이 본받을 일과 언행을 하고 있는가? 그렇지 못하고 자신이 없다면, 말없이 빙그레 미소 지으며 손뼉이라도 쳐주는 사람이 되어야 하지 않을까?

다섯째, 믿음은 왜 친구 사이에 강조될까? 부도정사不渡情死나 보증 파산이 거의 친구 탓이고, 배신 주역의 대부분에 친구가 많은 까닭이다. 나는 과연 믿을만한 사람인가? 너의 믿음을 탓하는 것이 아니고, 나의 믿음을 의심하라는 말이다.

다시 말하면 위의 다섯 마디는 자신에게 스스로 묻는 기준이다.

"의리를 지키고 싶다면 너 먼저 희생해라, 부모 자식 간 친하고 싶으면 그리운 관계가 되도록 하라, 원만한 부부가 되길 원하는가? 그러면 서로 다름을 인정하고 적당한 간격을 유지해서 존중하라, 남이 부러워하는 상하 관계가 되고 싶은가? 위는 우애로 아래는 공손함으로 질서를 지켜라, 좋은 친구를 원하는가? 그러면 신뢰를 쌓아라, 믿음은 그 사람의 말에 있다는 뜻이다. 신뢰는 말을 믿을 수 있고 약속을 잘 지키는 데서 출발한다."

그러니 이 다섯 마당은 일그러지고 삐뚤어질 위험이 높은 '관계의 역설'을 바른 말, 정설로 바꾸는 것이다. 그러기 위해서는 그 사람의 입장에 나를 대입하는 역지사지가 필요하다. 이 모든 기준을 네 탓을 전제로 판단하면, 공정한 눈을 잃고 불평불만이 생긴다.

건강을 위해 단식을 하면 며칠이고 잘 참고, 오히려 변화를 신비롭게 관찰하기도 한다. 그런데 검사한다고 마지못해 금식하라면 참 고통스럽게 느껴지는 거와 같다. 그리고 운동하다가 다친 경우는 큰 부상도 잘 견디지만, 다른 사람 때문에 생긴 상처는 원망과 함께 그 고통도 배가 되는 것이다.

마음까지 아픈 까닭이다. 그러니 아무리 남의 잘못으로 입은 피해라도 내 탓으로 여길 때만 고통은 반감되고 관용과 포용, 또는 용서에서 오는 기쁨이 더 크게 느껴지게 되는 것이다.

그러나 이 다섯 마당 어느 하나라도 실천하기는 만만찮은 과제다. 그래서 사회적 실천을 감안한 매뉴얼로 만든 것이 예의범절이요, 에티켓과 매너이다. 예의범절은 예의와 범절을 합친 말이다.

예의는 남의 인격을 존중하고 경애하는 정신을 말과 행동으로 나타내는 공동체의 규범이다. 말투, 몸가짐, 마음가짐을 말하기 때문에 서양의 에티켓 Etiquette에 가깝다.

범절은 일상생활의 순서와 절차를 말하는 것으로, 마음을 행동으로 나타내는 것이라 서양의 매너 Manner에 근접하는 개념이다. 에티켓이 형식 Forms이라면 매너는 사람마다 고유한 행동방식 Ways이다. 에티켓에는 역지사지와 배려, 존중이라는 세 가지 의미가 함축되어 있고, 직접 얼굴을 대하는 적극적인 예절이라는 점에서 공중도덕과 구별하기도 한다.

하지만 공중도덕을 대중 에티켓이라 부르면 같은 뜻이 된다. 현실적으로 예의범절은 에티켓과 매너로 혼용해서 사용하고 있다. 그런데 예절에서 가장 중시하는 것이 인사와 대화이며, 최근에는 문화 지능으로 업그레이드하고 있음이 추세이다.

*예의범절=예의+범절=에티켓과 매너→문화지능
*예절=말투+몸가짐+마음가짐→에티켓=형식(forms)←(역지사지+배려+존중)
*범절=일상생활의 순서와 절차→매너=개인의 고유한 행동방식(ways)
*공중도덕=대중 에티켓

개인의 습관으로 만들어지는 개성은 장점이 곧 단점이고, 그 반대도 성립하는 양면성이 있다. 대범하면 자상하지 못하고, 자상하고 알뜰하면 대범하지 못하듯이 말이다. 자상하고 인정도 많으며, 대범하고 호탕한 사람은 없다. 이 두 가지를 다 가지려면 보완이 될 사람을 만나야 된다.

그러나 다른 점을 틀린 것과 혼동해서 충돌과 갈등을 일으키는 일이 많기 때문에, 다름을 잘 연구해서 대처하는 법을 공부해야 공존이 가능하다. 대응하는 방법과 원칙을 정한 것이 오상이고 오륜이다. 그런데 뜻을 모르거나 알아도 어떻게 행동할지 모른다면, 자신을 적극적으로 알려야 한다. 특히 부부 간에는 지혜롭게 자신이 원하는 바를 알게 해야, 시험하고 억측해서 사소한 일로 큰 탈을 내는 바보짓을 안 하게 된다.

인간의 본성을 보는 관점에서 동서양이 크게 다르지 않다. 선하게 태어났다는 성선설과 기본적으로 사악하다는 성악설은, 시대적인 선호를 달리 했을 뿐이다. 동양적 성선설은 성性→사단四端→오상五常→오륜五倫으로 접근한다. 말하자면 연역적인 설명이다.

여기에 비하여 서양은 인간의 이기성이나 이타성을 자연계 또는 동물의 세계에서 그 증거를 찾으려는 노력이 주류를 이루었다. 유전자의 이기적 특성을 대체로 승인한다. 하지만 인간의 야만적 본성을 사회 계약에 따라 길들여야 한다는 강박적 독선이 진화론적 오류와 인종 개종이라는 착각을 낳았고, 끝내는 종족 학살적 부족주의 본능을 부추기거나 아우슈비츠의 가스실에서 종말을 고한 인류사적 비극을 겪고야 겨우 교훈을 얻어 이런 결론을 이끌어 낸다.

"탐욕이 건전한 것이라고 부추긴 것이 공동체 의식의 붕괴를 가져왔고, 사회적 비도덕성과 사회불안의 원인이 되었다. 좋은 사회를 만들기 위해서는 인간의 이기적 본성을 이타적인 것으로 미화하거나, 우리 내면에는 고상한 야만인이 존재한다는 선의의 거짓말이 매우 교육적이다."*

경쟁적 이기적 본능은 인정하지만, 사회적 협동을 추구하는 본능과 인정, 평판에 주목하는 본능을 중시하게 된 것이다.

인간은 마냥 선하지도 악하지도 않다. 선하기도 악하기도 하다는 말이다. 하지만 평등한 시민 간의 물질적, 사회적 거래를 통해 신뢰를 회복하면, 신뢰는 미덕이 되어 인정, 평판으로 돌아와 선순환 된다. 그럼에도 불구하고 내가 이기적 행동을 고집한다면, 상대의 이기적 반응 또는 보복적 응징을 불러온다.

그래서 당장은 어느 한 쪽의 손해를, 그리고 장기적으로 둘 다 손해를 입는다. 결과적으로 호혜적 협동을 미덕으로 삼는 것이 전체의

* 매트 리들리, 『이타적 유전자』 신좌섭 역, 사이언스북스, 2001, p361

이익과 나에게 도움을 가져온다. 그래서 정의正義의 개념을 최상위에 두고 사회적 역할 모델에 열정을 쏟는 많은 사례를 만들어 내고 있다.

예를 들면 로댕의 작품 「칼레의 시민The Burghers of Calais」은 14세기경, 영국과 프랑스의 백년전쟁 때 패전한 북 프랑스의 칼레 시민을 구하기 위해 희생 대열에 앞장선 6명의 영웅을 기리는 기념상이다. 노블리스 오브리주Noblesse Oblige의 심벌로 받들어 왔다.

하지만 사실은 실화가 아닌 스토리텔링이고, 조각상에 나타난 인물들이 사회적 책임과 죽음의 갈림길에서 고뇌하는 너무도 인간적인 모습이어서, 당시엔 배척되었다. 훗날 오히려 그 때문에 작품성을 인정받게 되었다고 한다.

물론 반론과 이론이 있음에도 불구하고, 우리는 용감한 칼레 시민들의 정신을 닮고자 한다. 비록 선뜻 나서지는 못할지라도, 옳고 바른 일에 박수를 쳐주고 의로움에 공감한다. 오상의 의義가 살아있기 때문이다.

그리고 대중적으로는 에티켓과 매너를 강조한다. 동양처럼 하늘의 뜻이라는 매우 추상적인 전제를 하지 않고도, 이타성이 미덕이 됨을 귀납적으로 증명하고 있다. 매우 실용적이라 설득력도 있고, 실천력 또한 높다.

그러나 예의범절, 에티켓과 매너에 기본을 두더라도, 매뉴얼에 집착하면 그 참뜻을 잃는다. 형식에 치우치면 겉은 미소 짓지만, 내심 험독한 인간을 만들 위험이 있다. 오히려 미시마 유키오三島由紀夫가

1960년대 초에 쓴 『부도덕 교육 강좌』*처럼 반어적 표현을 쓰면, 악덕을 유인으로 던져 미덕을 건져낼 수 있다. 진흙탕 속에 핀 연꽃이 더욱 아름답게 느껴지는 거와 같다.

"선생을 무시해라, 친구를 배신해라, 약자를 괴롭혀라, 자만심을 가져라, 약속을 지키지 마라, 은혜를 잊어라"등 67개 항목에 인간 본능이 지닌 부정적이고 이기적인 항목을 하나하나 따져 묻는다. 그런데 "결국은 어떻게 되지? 네가 손해를 보고 전체가 피해를 입지? 이타가 곧 이기적인 것이고 오상을 지키는 것이 호혜적 협력을 이끌어내어 나와 우리를 위하는 자애적인 행동, 진짜 자신을 사랑하는 일이 되는 거야!"

이렇게 가르치는 것이 진정한 발상의 전환이 아닐까?

---

* 미시마 유키오, 『부도덕 교육 강좌』 이수미 역, 소담출판사, 2010

마음 가자는 대로從心所欲 살자면

누구나 비슷한 감상을 가지고 있을 것이다. 방학은 시작되자 끝나고, 배울 만하면 졸업이라 한다. 평균 수명 사십 미만 시절의 공자도 나이 육순에 남의 말이 귀에 들어오지 않으면 어쩔까 걱정한 나머지 "귀가 순해져라, 먼저 나서지 말고 남의 말 잘 들어라"는 뜻으로 이순耳順이라 했을 것이다. 철들자 망령든다는 말에 공감이 가는 이유다.

우리가 사물을 볼 때도 보이는 것만 보면 육안肉眼으로 보는 것이다. 눈에 보이지 않는 것도 마음이 본다면 심안心眼이 열린 것이라 한다. 마찬가지로 들리는 소리만 듣는 것이 아니요, 들리지 않는 소리까지도 들을 수 있을 경지를 마음 가는 대로 살 수 있는 종심소욕從心所欲의 단계라 할 것이다.

우리는 그동안 육안으로만 보고, 들리는 소리나 들으며, 오욕칠정五慾七情에 휘둘려 탐내고 성내며 어리석음에 빠져 있었다. 대저 인간사라며 다스릴 생각을 않고 살아왔던 게 사실이다. 그 때문에 여러 사람들에게 부질없는 오해를 사고 감당하기 어려운 부담을 주지는 않았던가, 돌아볼 일이 많다.

어느 문상객이 상주와 나눈 말이다.

"별고 없습니까?"

오히려 상주가 민망해 하는데 마침 까치가 근처에 와 짖어댔다.

"저 까치는 댁에서 키우는 까칩니까?"

아차 싶어 황급히 말머리를 돌렸다.

"돌아가신 분이 본인이십니까?"

지난 날 내가 한 일이 이 문상객의 바보 같은 짓거리에 비유되니 새삼 부끄럽다. 앞만 보고 숨 가쁘게 걸어온 까치고개를 지나며, 문득 20여 년 전 관악산 후미진 산기슭에서 만난 어느 노인 생각이 난다. 까만 비닐봉지 가득히 쓰레기를 줍고 있던 그 분의 말씀이다.

"난 이 세상에 나서 별로 좋은 일을 못 해보고 항상 은혜를 입고 살았습니다. 받은 것만큼은 갚고 싶은 생각에 이렇게 쓰레기나 주우며 속죄하고 있습니다."

내 귀에는 매우 큰 소리로 들렸다. 최선과 최상을 찾다가 오늘까지

||||

미적거리고 있지 않았던가? 마치 최상의 회화 교재를 찾다가 지금까지 허우적거리고 있는 내 영어 실력처럼 말이다.

그렇다. 음덕陰德은 남모르게 쌓는 베풂이다. 남이 아는 선행은 좋은 일이라도 광고에 지나지 않거나 그 뜻을 의심받는다. 비록 선의에서 비롯되었다 하더라도 받은 사람의 기대치를 높인다. 스스로 일어설 힘을 약화시키면 죄를 짓는 일이다. 준 사람 또한 생색에 빠질 위험이 크다. 그래서 덕성에는 음덕은 있지만 양덕陽德이란 단어가 없다.

나이 들면 절로 가속도가 붙는다. 순식간에 지나는 인생 고속도로에서 정작 우리가 할 일은 분명하다. 이름을 가리고 보이지 않는 손으로 행하는 베풂과, 사람답게 살면서 죽음 앞에 당당할 수 있는 자세가 아니겠는가? 만인이 칭송하는 선행을 행하고도 성명에 초연한 사람은 말한다.

"나는 대代집행자에 불과할 뿐입니다. 사람은 이름나는 것이 두렵고, 돼지는 살찌는 것을 두려워합니다人怕出名 猪怕肥"며 손사래를 친다. 대리인에 불과한 사람에게 칭찬이라니? 부끄러워하는 것이 정상 아니겠는가?

인간에게는 자신의 감정을 감추는 습성이 몸에 배어있다. 흔히 방어 기제라고 해서, 자신을 보호하기 위한 가짜 감정으로 포장하고 있는 것이다. 인간은 태어나 모체와 분리되면서 불안을 느낀다. 본능적으로 자기애自己愛가 발동한다.

그런데 울고불고 발악을 해도 채워지지 않는 경우가 많다. 자기애가 상처를 입은 탓이다. 상처 받은 자기애는 '내가 못나고 부족해서'라는 수치심으로 발전한다. 당연히 감추고 싶어진다. 감출게 많다고 여기면 더욱 꽁꽁 자신을 갑옷으로 둘러싼다. 강보에 쌓인 아이처럼 감성은 더 이상의 성장을 못하게 된다.

예컨대 실화를 바탕으로 한 영화 「스포트라이트」는 가톨릭 사제들의 아동 성추행 사건을 뒤늦게 밀착 취재한 내용을 다루고 있다. 보스턴 대교구 소속 신부 중 약 6%, 90여 명이 스캔들의 주인공이다. 추기경의 사퇴에 이어 무려 6백여 건의 후속 보도가 이어지고 일파만파로 번지다가, 마침 터진 9·11테러로 억지 봉합되었다. 종교적인 치유가 필요하다는 판단 때문이었다.

그런데 어째서 거룩한 신전의 엄숙한 성당 밀실에서 신을 대리한다는 신부가 이런 일을 저질렀을까? 바로 미성숙 감성 때문이다. 정신과 의사가 진단한 이들의 감성은 불과 12, 3세에 머물러 있었다고 전한다.

이처럼 감성의 성장이 턱없이 부족하면 전족纏足을 한 청나라 여인네처럼 어린아이 같은 어른, 겉만 멀쩡한 가짜 어른이 많을 수밖에 없다. 방어 기제는 불완전한 인간이 마지못해 찾는 자구 행위다. 외

부적 충격을 소프트랜딩 시키는 완충적 행동이 된다고 잘못 믿는 탓이다.

그러나 건강한 정신력을 가진 사람들이 쓰는 방어 기제는 매우 다르다. 억제, 해학, 이타주의, 승화와 같은 건강한 방어 기제를 즐겨 사용한다. 평소에 내면의 자아를 관조하는 시간을 갖고 자신의 진짜 감정에 익숙해지면, 이성과 감성의 조화로운 성장이 가능하다.

자신을 제대로 알고 이성과 감성의 균형을 유지하고 있어야, 다른 사람의 감정과 행동을 이해하고 받아들일 수가 있다. 오랜 세월 자기를 제대로 알고 자신의 내심을 관조하는 시간이 필요하다는 이야기다. 그래야 부질없는 욕구를 떨쳐버릴 수가 있는 것이다. 자신의 마음이 뭔지도 모르는데 어찌 그 마음이 가자는 대로 갈 수가 있을 것인가?

그래서 자신의 죽음을 담담하게 받아들이는 자만시自輓詩나 자신의 묘비명自撰墓誌名을 미리 써두어, 스스로 경계하며 삼가는 옛 선비의 자세가 새삼 그리워지는지 모른다. 삶의 이유나 죽음의 뜻을 제대로 알지 못하고, 세태가 이를 냉소적으로 받아들이고 있는 건 아닌지 의심이 남기에 "나는 나 자신을 모른다"고 말한 소크라테스의 무지無知가 새삼 내 삶의 화두로 다가온다. 그런 점에서 서른셋에 요절한 알렉산

더 대왕의 유언이 참 멋있다.

"관 양 쪽에 구멍 둘을 뚫어 나의 두 손이 나오게 하라. 천하의 알렉산더도 빈손으로 가는 걸 보여 주고 싶구나."

그런데 마음 가자는 대로 하는 젊은이가 나타났다. 세계 최대의 SNS 페이스북의 창업자인 저크버그다. 자신과 부인의 지분 중 99%, 시가로 450억 달러나 되는 큰돈을 기부하겠다고 밝혔다.

저크버그31와 부인 첸30 부부는 2015년 말 추수감사절이 드는 주초에 딸 맥스를 낳았다. 결혼 후 3년 동안 세 차례 유산을 거쳐 어렵게 본 아이다. 저크버그는 딸에게 보내는 편지 형식으로 이 사실을 밝힌 것이다.

사람들의 잠재력을 실현하고 평등을 실천하는 데 초점을 둘 것이라고 한다. 이미 그의 멘토인 두 사람, 빌 게이츠와 투자의 귀재라는 워런 버핏이 자선 자본주의라는 초석을 놓았다. 2010년 두 사람이 이끈 기부 약속 운동은 억만장자들에게 재산의 절반 이상을 사회로 환원할 것을 호소하고 있다.

저크버그도 진작 동참해왔다고 한다. 물론 충분한 연습을 거쳤다고 하지만, 힘들게 안게 된 자식 사랑이 그들 부부의 영혼을 울리고 밝은 눈을 선사한 것이다. 아픈 영혼이 잉태하였던 자비와 큰 사랑이 태어났음이다.

||||

그러고 보니 서양 사람들은 마을 근처에 공동묘지를 둔다. 늘 죽음과 친하도록, 그리고 죽음이 멀리 있지 않음을 가르치는 것이다. 미루어 짐작하건대 두 가지를 일상의 공부 주제로 삼아 행동한다면, 마음 가는 대로 살아도 무방할 성 싶다.

어떤 모습으로 죽을 것인가, 그리고 세상 사람들은 나를 어떤 사람으로 기억할까? 행복을 위해 자신의 추도사를 먼저 써보라는 까닭도 존재의 이유를 찾기 위함이고, 흔들리지 않고 '나의 길'을 가기 위함일 것이다.

- 2016년 7월, 전용수

짐 콜린스와 제리 포라스, 성공하는 기업의 8가지 습관, 워튼포럼, 김영사, 2009

강상중, 살아야 하는 이유, 송태욱 역, 사계절,2012

다니얼 액스트, 자기 절제 사회, 구계원 역, 민음사, 2012

전혜성, 엘리트보다는 사람이 되어라, 중앙북스, 2009

김영진, 철학적 병에 대한 진단과 처방: 임상철학, 철학과 현실사, 2004

데이비드 코드 머레이, 바로잉 Borrowing, 이경식 역. 흐름출판, 2011

몽돌 박의준, 어머니의 회초리, http://blog.daum.net/qkrdmlwns/22

시모주 아키코, 가족이라는 병, 김남주 역, 살림, 2015

마야안젤루, 새장에 갇힌 새가 왜 노래하는지 나는 알지, 문예출판사, 2014

맹자, 이기석. 한용우 역, 홍신문화사, 1980

추적, 명심보감, 황병국 역해, 혜원출판사, 1977

데일 카네기, 인간 관리의 기본원리, 김시오 역, 브라운 힐, 2012

구제 고지久世浩司, 감정정리의 힘, 동서현 역, 다산3.0, 2016

도쓰카 다카마사, 세계 최고의 인재들은 어떻게 기본을 실천할까, 장은주 역, 비즈니스 북스2015

브라이언 트레이시, 목표 그 성취의 기술Goals, 정범지 역, 김영사, 2003

한병철, 피로사회, 김태환 역, 문학과지성사, 2012

스테판 G 매스트로비치, 탈 감정사회, 박형신 역, 한울, 2014

알렉스 파타코스, 의미 있게 사는 것, 노혜숙 역, 위즈덤하우스, 2005

문영규, 세렝게티의 눈물, 헤럴드경제, 2014.11.17

불전 간행회, 숫타니파타, 석지현 역, 민족사, 1993

강천석, 종교가 세상을 걱정하던 시절 이야기, 조선닷컴, 2011.3.5

임청산, 세종은 교육이다, 융통합 명품 인생, 만남, 2014

중앙일보, 푸른 눈의 현각 스님, 2015.4.18

한국일보, 금융 당국이 누Gnu의 길을 갈 수 있을까, 2014.4.6

조선일보 위클리비즈, 소선은 대악, 조선비즈, 2013.9.28

오니시 야스유키, 이나모리 가즈오 1,155일 간의 투쟁, 송소영 역, 한빛비즈, 2013

마쓰시타 고노스케, 인간경영, 신병철 역, 예림미디어, 2000

조선일보, 세한도 기탁했던 83세 1000억대 산 기부, 2012.4.5

미겔 앙헬 캄포도니크, 세상에서 가장 가난한 대통령 무히카, 송병선, 김용호 역,
21세기북스, 2015

홍경자, 철학 상담 관점에서 바라본 행복의 의미와 긍정성의 과잉 문제, 서강철
학 논집 제4집, 2015.8

그래그 이스터브룩, 진보의 역설, 박정숙 역, 애코리브르, 2007

애덤 스미스, 도덕 감정론, 박세일 / 민경국 역, 비봉출판사, 2009

프랑수아 를로르, 꾸뻬 씨의 행복 여행, 오유란 역, 오래된 미래, 2004

앤서니 그랜트. 앨리슨 리, 행복은 어디에서 오는가, 정지현 역, 비즈니스북스, 2013

앨런 와이즈먼, 인구 쇼크, 이한음 역, 알에이치코리아, 2015

리차드 탈러 / 캐스 선스타인, 넛지Nudge, 안진환 역, 리더스북, 2009

로버트 치알디니 외 2인, 설득의 심리학 3, 김은령 외 역, 21세기북스, 2015

톰 피터스, 리틀 빅씽The Little Big Thing, 최은수 역, 더난출판, 2010

이기동, 대학·중용 강설, 성대출판부, 2010

워렌 버핏, 나의 기부서약My Philanthropic Pledge, 2006.6 국내 여러 신문 기사

이아레아카라 휴렌 / 가와이 마사미, 호오포노포노 실천법, 임영란 역, 넥서스, 2011

다석학회, 다석 강의, 현암사, 2006

이안 로버트슨, 성자의 뇌The Winner Effect, 이경식 역, 알에이치코리아, 2013

오다 히테키, 칭찬의 심리학, 김하경 역, 케이디북스, 2010

나이토 요시히토, 칭찬의 심리학, 최선임 역, 지식여행, 2011

샘혼, 적을 만들지 않는 대화법Tongue Fu, 이상원 역, 갈매나무, 2015

김용태, 가짜 감정, Denstory, 2014

제럴드 크리스먼 / 할 스트라우스, 내 속에는 내가 너무 많다, 공민희 역, 센추리원, 2015

E. F. 슈마흐, 자발적 가난, 이덕임 역, 그물코, 2010

매트 리들리, 이타적 유전자, 신좌섭 역, 사이언스북스, 2001

미시마 유키오, 부도덕 교육 강좌, 이수미 역, 소담출판사, 2010

벤자민 프랭클린, 프랭클린 자서전, 이계영 역, 김영사, 2001

세상으로 열린 두 개의 창窓
역설과 정설로 만나는 사람 사는 이야기

1판 1쇄 발행일 2016년 8월 10일

지은이 전용수
펴낸이 안병훈
펴낸곳 도서출판 기파랑
디자인 커뮤니케이션 울력
등록 2004년 12월 27일 제300-2004-204호
주소 서울특별시 종로구 대학로8길 56(동숭동 1-49) 동숭빌딩 301호
전화 02-763-8996(편집부) 02-3288-0077(영업마케팅부)
팩스 02-763-8936
이메일 info@guiparang.com

ISBN 978-89-6523-706-8 03800